異詭日常事件

Creepy Six

點子出版
IDEA PUBLICATION

讀者諸賢安好。

請懷著寬容之心，容許在下先問三數條問題。

首先，請問諸位有否瀏覽過香港高登討論區？

如有，你的眼角又有否曾飄過名為「詭異的日常事物」的不明帖子？

最後，有否不小心地進入過該異質帖子，看到一個自稱「披著熊貓服裝在公司Cosplay熊貓」的可疑男子以牛車般的速度寫出一篇又一篇的詭異故事？

如有，恭喜你！因為以上情況出現的機率趨近中六合彩頭獎的機率。所以在下強烈建議你即時帶同此書到最近的投注站走一趟，買一注六合彩。說不定會一見發財，有意料不到的收穫！

根本沒有看過該帖子？不需擔心！你大可以先帶同

此書到投注站走一趟，再到香港高登討論區瀏覽該帖子就可以了。放心，效果雷同。試想像一下：在匆匆的人生中，於茫茫的書海裡，命運的齒輪轉啊轉，你竟巧遇上這本書，然後讀起了我遺留下的這番話，這不是好比中六合彩頭獎的機率般浪漫麼？

或許現在你現在抬一抬頭，留意一下周遭，可能有人正在和你看著同一本書，露出同樣啼笑皆非的表情，一段浪漫的邂逅就此而生。當然，請先留意一下他或她是否如羅拔臣啫喱般呈半透明狀就是了。

風水先生可能會騙你十年八載，而我這個寫故事的，最多騙你十天八日。真的，沒騙你。

咳哼，是時候入正題了。這本書的存在可説是機緣巧合下的產物：這麼巧我不用OT、這麼巧我有心情寫有關詭異事件的故事、這麼巧引來一眾巴打絲打留意、這麼巧有出版社看中……雖然一切看起來似乎是巧合。但是巧合的背後，仍有不少人為了傳達一些觸目驚心的故事給眾讀者而努力，這不是單單的巧合。

「我要出書了，而且是鬼故。」
「吓？你要出書了？而且是鬼故？」

得知這個消息時的親朋戚友都露出好比見鬼的表情來反問我，似乎這個消息的驚嚇程度不亞於見鬼。

諷刺的是，我也不太清楚為什麼自己會寫出一本有關詭異事物的書。費索思量後，我終於想到了「正當」的理由。

話說在很久很久以前，是小學時期，每當我對某位女同學說過鬼故後，她都只會冷冷地回覆我一句：「哦，就這樣？」。失敗的滋味不好受，為了終有一日令她害怕得緊緊握著我的手，於是我「努力」地想像著世上是否真的有可怕的詭異事物存在，如有，它們的存在形態又會是怎樣呢？

結果卻是自己變得怕黑。時至今天，我的手有否被握著已經不再重要了。因為已有人因讀過了我的故事後，減少了晚間上廁所的次數。黃子華有句經典的「魚蛋論」：「我吃魚蛋吃得開心與否不重要，重要的是每個人都跟我一樣吃得不開心！」

引伸到我身上就變成這樣：「我怕黑與否不重要，重要的是每個人都跟我一樣怕黑！」哈哈！

然後，有關寫作。話說在很久很久以前，依然是小學時期，有次老師要我們在卡紙上寫出長大後的願望。當時我仍然是個誠實的乖孩子，天真地在卡紙上寫上了「玩世不恭」這大言不慚的四個大字，相當滿足於此等偉大的志向。

翌日，這些包含了小學生們純真祈願的的卡紙竟被

殘酷地貼於壁報版上，任人觀賞。「玩世不恭」這四個大字直教我情何以堪！當時我在想，如果要玩世不恭的話，前提是要有很多很多的錢……我又突發奇想，如果我可以把握一下自己唯一長處——作文，而我又能寫出中文教科書上的文章的話，那麼所有同學都要付錢給我來買中文教科書吧！那麼我就可以玩世不恭了！

　　現在我對當時利慾薰心的自己羞愧不已，但並沒有後悔。因為自此我對寫作不反感，而且喜歡上看書，感覺上認為自己正以秒速5 cm向著目標前進。

　　我的目標是什麼？當然不再是「玩世不恭」了。而是可以寫出有如森見登美彥啊、伊坂幸太郎啊、天航啊等作者筆下妙趣橫生的故事。然而，本書內容與上述大作家們的作品有著十萬八千里的距離就是了。

　　在下想說的話暫時告一段落。

　　各位又是時候上路了，來，不要誤了時辰……

　　祝，一見發財……

人類最古老而強烈的情緒，
便是恐懼。

詭異日常事件

目錄

壱

唐

◎ 詭異日常事件 ◎

我有一位朋友叫阿興，每次和他路過大角咀那些唐樓時，他也渾身不自在。有一晚，我們一起到中學同學阿強位於大角咀唐樓的家中打機兼留宿。酒過三巡，阿強提議輪流說自己遇過最奇特的經歷，而說得最沒趣那個就要獨自去附近便利店買零食汽水啤酒，以補充短缺的食物庫存。

阿興即時神色凝重起來：「老實說，三更半夜我實在不願意在唐樓梯間溜躂，所以我只好說一說我的親身經歷給你們聽了。」

以下是我從阿興口中得知的故事。

阿興有一個表哥，偉哥。他們小學時每逢假期都會到姨婆家遊玩，因為姨婆沒有結婚，膝下無兒女，所以都視他們為親生兒子般看待。直到阿興他們長大成人了，仍不時去探望獨居於大角咀一唐樓單位的姨婆。

由於工作繁忙迫促，阿興兩表兄弟已有一段日子沒有去探望姨婆了。有晚阿興和表哥相約，下班後一起送些水果及禮品去姨婆家。皎潔的明月高掛於漆黑的夜空，他們到達了姨婆那約八層高的唐樓下，並發現四周都張貼了誇張的地產商收購唐樓單位廣告。那些廣告標

貼猶如一副副血紅色的棺材，大剌剌地貼於梯間的當眼位置，只望一眼便教人不寒而慄。偉哥説這好像是一間叫玄牛集團所幹的好事。

遍地 花瓣

二人沿散發著不明氣味的樓梯拾級而上。唐樓內每層只有兩戶單位，而樓梯燈都是由各層住戶提供的，如果住戶已遷出，該層便自然沒有燈光照明，幽暗得很。由一樓至四樓，便已有兩層沒有燈光，他們跟蹌地攀登到四樓姨婆家門外。在等候姨婆開門期間，阿興瞥見另一的單位門外的「地主神位」插著一束花，正確來説是一束只剩下莖部的花，地上則散滿花瓣。

他頓感疑惑：「『地主』為甚麼插著殘花呢？一般而言應該只會插上香燭的吧……」

門終於開了，姨婆一臉歡喜地迎接兩人：「你們終於來了！太好了，好掛念你們啊！進來進來！」看得出她早已望穿秋水，一直等待有人來探望她這位孤獨的老人。

　　與姨婆敘舊後，他們看到和藹可親的姨婆晚年竟孤苦無依地待在這破舊的唐樓……於心不忍，便決定每星期輪流抽時間來陪伴姨婆。一段日子過去了，阿興得知姨婆所居住的唐樓將要面臨強制拍賣的命運，而且更曾受到地產發展商的滋擾。

　　然而獨居的姨婆已告年邁，視力模糊，幾乎每天也要從昏暗的梯間來回，難免令人放心不下。所以阿興認為將單位賣出及入住養老院對她來説不失為一個好選擇。

　　不過姨婆仍堅持：「我十分喜歡過這種清幽的生活。而且隔壁的陳伯和我一樣都是獨居長者，還不是活得好好嗎？而且啊，我們一直都互相照應對方，不怕甚麼的。正所謂遠親不如近鄰啊！」

　　阿興聽到姨婆談起隔壁的單位時，心中不禁聯想起鄰居陳伯的家門外，那裡經常插著只剩下莖部的花及滿地花瓣。有一次他曾拾起地上的花瓣，覺得它的顏色和香味有點似曾相識的感覺。

　　就是這點讓阿興心中萌起了一股不協調感。

　　某天，阿興終於按捺不住心中的疑惑，向姨婆提問有關陳伯門外花瓣的事。之後姨婆抱怨地道：「早些日子，陳伯好像患上了感冒，久久不出門，在家中養病。之後晚上便經常有一個陌生女人帶著花上來探病……一談起她……哎呀！她很沒禮貌的！」

　　「怎樣沒禮貌了？她帶著花來，所以是她弄得花瓣遍地嗎？但為甚麼要將花弄散並插在門口呢？探病而已……不需要經常帶花去探病吧？」阿興心中的問號愈來愈多了。

　　姨婆的語氣旋即轉為輕蔑：「哈！我也想查一查那女人的來歷，這麼怪的人我活了幾十年也沒有遇過！有時在門口碰見她在等陳伯開門，我向她打招呼，她頭也不回，不理睬我！每逢她出現過後定必弄得滿地花瓣，使我要定期打掃門口。最氣人的是她散發著咸魚味，我想她應該有帶咸魚去探陳伯……那陣氣味極之難聞！直教人窒息！那女人把這裡弄得烏煙瘴氣！所以每次我看到她都會當她透明的！」

初會 怪客

阿興聽過後嘖嘖稱奇，世上竟然有這種怪人存在！他更有了希望親眼看一看這個人的想法。

不知是幸運或不幸，翌日晚上阿興便願望成真了。

星期六晚，阿興如常到姨婆家作客。到達姨婆家門前，才知悉姨婆正在回家途中。他決定站在原地，邊玩PSP邊等。幾分鐘後，他聽到樓上傳來一輪沉重的腳步聲——嘭…嘭…嘭…嘭……

他以為只是有胖子在下樓梯，加上正在與《怪物獵人》中的Boss紅火龍對決中，便沒有多加理會。

腳步聲一步一步、緩緩地逼近，直至到了阿興身後，便再沒有新的腳步聲傳出了。他終於按捺不住，回首一看，即時被嚇了一跳！有一個體形瘦削的女人正背向著他、面向著陳伯家門。她頭戴一頂大草帽，頭髮及其米黃色的連身裙長得誇張，乾癟的左手正緊緊揑著一束花，渾身上下散發著一股令人噁心的魚乾味……她一

動不動地站在原地，彷如一尊人形蠟像。

　　阿興實在忍受不了那股怪味及異樣的氣氛，決定下樓到大門處等姨婆。剛下樓，姨婆便到了。阿興即時向姨婆説他剛剛終於遇上了「傳説中」的怪女人，她的怪異之處實在比他所想像的還要高一倍以上。這番説話換來了姨婆一下苦笑，然後兩人便一起爬樓梯回家。

　　回到了姨婆家門前，剛才那女子已消失了，相信已進了陳伯家中。阿興不明白為甚麼陳伯可以忍受那怪味及怪人。梯間現場只剩下散落滿地的花瓣及姨婆的咒罵聲：「又弄到那麼多又黃又白的花瓣，是要去送殯嗎？真是大吉利是！又要打掃了，遲陣子看到陳伯時一定要對他投訴投訴！」

　　過了兩天，阿興相約了偉哥去幫姨婆維修失靈的電箱。他們到達了姨婆家樓下，驚見一批警員及消防車，即時十分擔心，以為姨婆是不是發生了甚麼意外。他們向駐守現場的警員打聽，警員回答是有獨居長者倒斃在家中，而且已死去一段日子了……而死者就是姨婆的鄰居，可憐的陳伯。

　　聽過消息後二人心情複雜，因為只是虛驚一場，放

下了心頭大石。另一方面，二人同時驚覺到駭人的事實——既然陳伯已死去了一段日子，前晚那怪模怪樣的女子是去探望誰呢？是她報警的嗎？如果是她報警的話，那為甚麼今天才報警呢？

到了姨婆家，二人見她一臉傷感，聽她感嘆著其實已有近兩個月沒有看見過陳伯，誰知他竟然連再見也沒說便走了，世事無常。阿興他們頓時擔心起姨婆將來可能會步鄰居的後塵，打算說服姨婆入住養老院。

但姨婆反駁道：「我甚麼也不怕！人總有一死，但死也得在自己家中！」想不到她依然是如此固執。

待姨婆外出後，阿興認真地與偉哥討論起關於那怪女子的事：「偉哥，你有沒有遇見過經常去探望陳伯的那個怪人？我總覺得她和陳伯之死有關⋯⋯再加上她怪模怪樣，上次真的給她嚇了一跳。」

「看是有看過的⋯⋯但我並不怎害怕。反正世上怪人何其多。你表哥我呀，以前因工作關係穿梭於中港兩地，比她奇怪一倍以上的人也見過啦。還記得有個乞丐滿面都長出了肉瘤呢！所以你不必庸人自擾⋯⋯何況別人的事都是少理為妙，查案方面就交給警察吧！而且，

我懷疑這是地產發展商在背後裝神弄鬼來滋擾居民。因為昨天晚上⋯⋯」

可疑  人物

「昨晚？發生了甚麼事？」

「就在昨天晚上，我探望過姨婆後就回家。當走到樓下時，看到一個形跡可疑的年輕人站在信箱旁不知在幹甚麼。我走近他，他即急步離開。我懷疑他在做甚麼不見得光的事情，便喝了他一聲『喂！你在人家的信箱鬼鬼祟祟的，做甚麼！？』，之後他便拔足逃去。我當然第一時間追上前！他逃到不遠的後巷時終被我趕上了。

我用手臂抵著他在地上。

『快說！你這傢伙到底幹了甚麼！？』
『很、很痛耶⋯⋯我甚⋯⋯甚麼都沒有做過啊！快放手！我要報警！』
『哈！很好！不用你說，我現在就帶你去警局報

到！知不知道剛才那棟唐樓有業主投訴被人滋擾？我絕對會向警察説個明白，讓他們慢慢查你！！』

　　『我…我…我……真的沒有做甚麼不好的事啊！這只是一場誤會而已……這位大哥…求求你放過我吧！』

　　一提到上警局那傢伙就動搖起來，他絕對不是清白的！於是我打蛇隨棍上，翻了翻他的口袋，找到他的錢包，內裡有一張卡片，上面寫著：助理物業顧問——包昌龍。

　　『哦！原來你是物業顧問！原來就是你這些混帳吸血鬼在幕後搞鬼！』

　　『大…大哥……求求你放過我吧……我只是受上司吩咐派卡片往住戶的信箱……及順道以箱中的來信查一查住戶的資料……我知道會為他們造成困擾……但請你放過我吧！我只是受人二分四而已！假若鬧上差館的話我會被裁員的！我還有父母要供養……』

　　『那你沒有扮鬼扮馬去嚇住戶？』

　　『雖然我不知其他組別的同事有沒有做過，但我對天發誓，我絕對沒有！』

　　『好！我今天就給你一個機會，如果我發現你真的在那棟唐樓生事的話，我絕對不會給你好過！還有，回

到公司時，轉述我剛才的説話給你的好同事聽！』

　　當時我一時心軟，放走了他。但我想，那個怪女人可能真的是地產發展商在背後搞的鬼。」

　　偉哥神態自若，淡定地作了總結，阿興就沒有再追問有關那怪女人的事宜，相信日後自會真相大白。之後他們便開始於姨婆家進行修理電箱工程。

　　修理電箱工程不怎順利，連持有電工A牌的偉哥亦束手無策，一時間找不出電箱短路的成因及恢復電力供應的方法，直到傍晚仍未修好。於是阿興便帶姨婆回自己家暫住一晚，偉哥則帶上電筒及電工裝備留在姨婆家繼續維修工程。他聲言如果連普通家居電路也修不好的話，以後便不用在機電界打滾了！一於修不好不回家！

　　平靜的一晚過去了，但這晚對偉哥而言卻一點也不平靜。

　　翌日，星期六早上，阿興打電話給偉哥打算請他和姨婆到酒樓飲茶，順便問問工程的進度。奈何打了數遍也不能接通，電話似是關掉了。可能是偉哥忘記為他那部以耗電速度快而聞名的 Sony Xperia 手提電話充電。然

後阿興放棄了，改為撥到偉哥家中。

「喂，哦，是興仔，你想找阿偉？他昨晚沒有回來哦！可能又接到緊急工程漏夜去趕工吧！他經常沒有交帶的！飲茶？不了，今天要回公司，先多謝你了！」

接電話的是阿興的舅父，亦即偉哥的老爸。打聽下知道偉哥昨晚並沒有回家，那麼他很有可能仍待在姨婆家中。阿興只好先帶姨婆回家，找找表哥，順道看看電箱修好了沒。

抵達姨婆家前，看到一片熟悉的景像——一堆有黃有白的花瓣散落在地上。不過，這次和以往略有不同，花瓣都集中在姨婆家門前。一束花的莖部正斜斜地插於門邊的「地主」香爐上。姨婆見狀邊拔走花莖邊唸唸有詞：「陳伯人都已經死了，那女人還來幹甚麼？！她是想來滋擾我嗎？我可是沒有開罪過她！」

打開門後，阿興倒抽了一口氣——他看到玄關地上竟然有剛剛出現在門前的花瓣！姨婆則稱他大驚小怪，花瓣可能是偉哥進出時黏在鞋底，被帶入屋而已。屋內現在燈火通明，但並沒有看到偉哥的身影，似乎他已修理好電箱離開了，又可能他真的接到了緊急工程吧。阿

興學他舅父在心中暗嘆偉哥沒有交帶，修好了電箱也不通知一句，連修理工具也遺留下來。

此時，姨婆呼喚阿興，説客房打不開，叫他幫忙。阿興嘗試開門，他扭動了幾下門鎖，發現門沒有鎖上，卻被一些東西由房內頂住，令到他們開不了房門。他用肩膀奮力撞擊了房門數下，門被撞到半開了，在縫隙中，他看見門後的家具雜物散落一地，之後再接再厲，以肩膀用力地撞門。

門後 ⊙ 不堪

終於撞開了門，阿興及姨婆卻被門後景象嚇了一跳！昂藏六呎、身懷六塊腹肌的偉哥，如今竟然猶如小孩般瑟縮於房中一角，手上緊握著毛澤東4R頭像，昏過去了。地板上有灘淺黃色的液體，散發著阿摩尼亞的氣味，相信是尿液。阿興上前試圖搖醒偉哥，偉哥被震動喚醒過來，他一睜大眼便歇斯底里地狂喊：「走呀！！

走呀！！！不要進來呀啊啊啊！！！」

姨婆見狀即時從冰箱中取出剩飯，和阿興合力塞於偉哥口裡，同時掌摑他數個耳光。直到偉哥吐出一大陀嘔吐物，眼神才稍稍回復澄明。

突然，偉哥又啜泣及顫抖起來：「昨晚，我…我我又看見那女人，不…不不不！那玩意絕對不是人！！！」

「偉哥，冷靜點，我們都在！發生了甚麼事？是有強盜嗎？」

「阿偉不要怕，我給你沖杯阿華田，不用急的。興仔你去找一條乾淨的褲給他替換吧。」

他們將可憐的偉哥領到客廳中，並安撫了他一會，問他究竟發生了甚麼事。偉哥以顫抖不停及冰冷的手接過一杯他兒時最愛的熱阿華田後，深呼吸了數下，稍為回復平靜，以猶有餘悸的語氣道出教人毛骨悚然的真相：「你們知道嗎？其實之前站在樓梯的，不是女人，是怪物！！不…不是怪物……是不屬於世上的玩意！！！」

「你在說甚麼？」

「其實…我…我之前在樓梯已遇過她數次了。最近每次看到她，我都有種不協調及奇怪的感覺，所以我最近都帶著毛澤東頭像傍身……因為以前當中港貨車司機時，國內的司機朋友曾教我只要在車上掛上毛主席頭像，便可保平安……直到昨晚……」

「昨晚怎麼了？」

偉哥眉頭緊蹙，以極為凝重的神色憶述起事情發生的經過：「昨晚大約十時許，我終於找出電箱短路原因，並將其修復完成，便打算回家。誰知手提電話沒電了，真是罪大惡極的 Sony！於是我把電話放在這裡充電，而其他東西也留在屋內，只拿了數十元零錢便下樓去吃宵夜。吃飽後，打算回來收拾好工具便回家。但是……當我上到四樓，那怪物……竟…竟然站在陳伯門前……

她…她……竟然穿透了警察的封條、穿透了鋼閘、穿透了木門，進入到陳伯家中！！！！之後我的心寒得不能自控，即時開門回來，以九秒九速度取回電話及錢包，同時緊握毛澤東頭像。當時我心中驚愕原來世上竟然真的有這樣的玩意！一開始我還以為這只是地產發展

商扮出來嚇人的東西！

　　之後，正當我打算奪門逃離之際，突然，**砰！轟！轟轟……！砰！**

　　——門好像被甚麼撞擊著，我被這狀況嚇得呆站當場！我正想花光了出生以來所有勇氣去開門……不、不可以！如果一開門便目睹剛才的那怪物…那……就真的是『一見發財』！所以我先用木門上的窺視孔先視察一下門外……

　　對準一看，只見眼前一片血紅色！接著有些東西移開了……是牙！是一排血紅色、整齊的牙齒！牙縫間還夾有一片一片的花瓣！這時我感到跨下一片溫熱，本能告訴我如果開門的話便會有更可怕的事發生！

　　我不理三七二十一，一股腦跑進離門口最遠的房間，用盡所有東西堵住房門，同時用手提電話報警，但是這天殺的電話竟不能開動！這時，輪到房門發出——**砰……嘭…嘭……轟轟…轟！**』

　　我只好緊緊握住毛澤東頭像相片，縮在一角……祈求太陽可以早點出來……」

難怪他被嚇得失禁了！阿興有生以來第一次目睹偉哥用這種悲傷、憤怒、惶恐、驚慌交集在一起的表情説話。他與姨婆也不知該作出怎樣的反應，他只知道，有一股心寒的感覺源源不絕地湧上心頭。

事後姨婆依然認為是收樓公司耍陰險手段，找人裝神弄鬼來逼她賣樓，她當日下午便報警求助，將一切來龍去脈都報告警察。一切卻在意料之中，警方並沒有受理。因為除了人證偉哥及地上的物證花瓣外，便沒有證據證明昨晚有「人」擅闖民居了。再加上偉哥的供詞本質上缺乏了可信性——試問一個「人」怎麼可能不用鎖匙便自由進出鎖上的門呢？

最後，負責上門調查的稅金小偷敷衍了幾句：「可能是昨晚林先生喝醉了出現的幻覺，至於此案件是否涉及不當的樓宇收購行為，我們會備案跟進的。」之後便草草離開了。

阿興心中恐怕，警察離開了，但是「那玩意」卻從來沒離開過……

往後的日子偉哥再也不敢去探望姨婆了，最多只請她去酒樓。而自詡見慣「大場面」的阿興則如常到姨婆

家作客。為安全起見，他亦不忘帶備毛澤東肖像、十字架及精裝版佛經傍身。

偷花　　賊人

　　某個晚上，阿興探望過姨婆後，獨自走在大角咀的街頭。秋季的晚風一吹，送來了一陣的花香，原來附近有一家花店仍未關門。他被那種似曾相識的花香引誘，慢慢地走到店前。行近一看，他發現花店外置有不少花牌。他走近黃色白色的花堆中使勁地吸著花香，可是，他就是想不起為甚麼有似曾相識的感覺。

　　「喂！你在幹甚麼！想偷花嗎！？」花店中突然衝出一名憤怒中年婦人，她一手抓住阿興的手臂，並懷疑他在偷花。

　　「不……我沒有！我只想聞一聞花香而已！你看，我身上並沒有花的。」
　　「近來都有偷花賊光顧，我們被偷去不少花了！還有，這些只不過是殯儀用的花，沒甚麼好聞！你要聞的話就去附近的九龍殯儀館聞個飽吧！」

　　阿興費了不少唇舌，花店員工才相信自己是清白的。他急步離開花店，只想盡快回家，因為他終於知道那種似曾相識的花香和他小時候在殯儀館聞到的極為相似。最令他懸心弔膽的是，和姨婆家梯間的一樣⋯⋯

　　不知道是否錯覺，直至他登上巴士前，他都感覺到有東西在背後瞪著他。

　　一個月後某夜，阿興收到了一通電話，被嚇得差點魂飛魄散——他兇如惡鬼的上司對他狂嚎如果翌日早上還收不到阿興負責的報告書的話，阿興明天便不用再上班了。阿興發狂地找，也找不到載有的報告書的USB手指。幾近絕望之際，他最終得出了一個結論——手指可能遺留在姨婆家。他即時致電姨婆。

　　「喂？阿興，有甚麼事了？你說甚麼？手指？哦，可能在我這裡，啊！你還留下了一個公文袋呢。姨婆我真沒記性⋯⋯明明想通知你的，誰知一轉眼就忘了。唉！人年紀大了就是沒用⋯⋯我今晚等你來拿吧！咦？有人在敲門。我去看看是誰⋯⋯」

　　「喂？姨婆等等！⋯⋯喂！？」
　　「嘟⋯⋯」

不等阿興反應，對方便掛斷電話了。

阿興火速飛奔過去姨婆家，途中不停打電話給姨婆也只有「嘟……」聲。雖然他害怕只是一場誤會，被控浪費警力……但心知事情很不妙，在差不多到了姨婆家時就忍不住打電話報警了。

阿興終於到達唐樓，走到三樓半時，便有股腥臭味撲面而來，當中臭味中隱隱夾雜著他之前在花店及殯儀館聞過的花香。他仰頭一看，一見發財——阿興看見「那玩意」的側面——她戴著一頂大草帽，頭髮及其米黃色的連身裙長得誇張，手上死掐著一束花，棕色佈滿皺紋的皮膚在昏暗的燈光下顯得極度繃緊，和乾屍沒有分別！不如說，這就是一具活生生的乾屍！

但是，它比乾屍更為骸人，在它「臉」上，只有一樣唯一可以辨認出來的東西——一排整齊的血紅色牙齒！！它舉起了左手，開始用它的牙齒啃食掉手上的花束，不少黃色白色的花瓣被咬落，徐徐地飄落到地上……

咔習咔習……嘶！嘶……
咔習咔習……嘶！嘶……

　　原來這就是偉哥當時目睹的怪物！接著她緩慢地把花束的莖部插在姨婆家門外的香爐上，將頭部緊貼於門上，穿透了一切，無聲無息地侵入到姨婆家中去。未幾，屋內傳來姨婆的慘叫聲！

　　阿興聽到姨婆的嚎叫聲，才清醒過來，他感覺到渾身發軟，腳也麻痺了，亦差點失禁（由於憶述者是他本人的關係，所以有沒有失禁這點我有所保留）。在他還在懷疑方才的不祥事物到底是現實或只是他的幻覺時，警察就到了，阿興立即用姨婆給他的備用鎖匙帶領警察入屋。雖然身旁有警察，但他依然懼怕一開門會看到一見發財的事物。

　　門開了，玄關現場留有陣陣腐臭味。其後警察在房中找到了姨婆——可憐的她當時已昏倒於床下，手上緊握著一尊佛像，恰似一個月前的偉哥一樣。隨後她便送往醫院檢查，幸好醫生說她只是受驚過度而已，休養一下便沒有大礙。

　　當然，開門後警察沒有在屋內找到那怪物或任何不屬於世上的詭異事物，否則翌日報紙的頭條就是「一青年於大角咀發現一具活屍，現正交由警方處理」了。亦因為他們沒有找到任何證據，又是留下一句：「警方不

排除有人進行不當的收購樓宇行為」後便不了了之。

　　姨婆出院後就寄住於阿興家一個月。在這期間，她把唐樓賣了給發展商，而且申請居住養老院。

　　在姨婆搬到養老院那一天，偉哥帶了一伙工友，陪同阿興到該唐樓單位收拾遷出的物品。偉哥的工友們並不相信他及阿興的詭異經歷，認為他們只是一派胡言，所以當晚便留於單位中吃火鍋。可能是酒喝多了，有兩名資深工友打算到樓梯散步消一消酒氣，並笑言說如果見到「那怪物」的話就第一時間替偉哥報仇。

　　偉哥阻止不了他們，只對他們說一切後果自負。當晚他們踏出玄關後就再沒有回到姨婆的單位了。之後阿興聽偉哥說，那兩個工友於八樓看到其中一個單位沒有關門，似是沒有人在內，期間他們不為意地用電筒照了屋內一下，便被內裡觸目驚心的東西嚇得落荒而逃了。

事過　　境遷

　　在姨婆遷出唐樓後，阿興與偉哥都時常到養老院探望姨婆，他們無所不談，無論是生活的苦樂，或是塵世的變化也好，天南地北，一切一切……除了曾經在唐樓發生過的不祥事件……

　　本應，阿興以為有關唐樓的詭異事件已告一段落，可是偉哥卻不到黃河心不死，暗暗查探著這詭異事件的起源。有一晚，偉哥帶了阿興和姨婆到了土瓜灣街市二樓的大排檔去吃晚飯。偉哥因喝得太多，就去了廁所小解，但他去了十多二十分鐘仍未回來。當他回來時，身旁竟然多了一個矮小、穿著西裝的年輕人。

　　偉哥介紹道：「其實我今天約大家出來，是想搞清楚在唐樓發生過的詭秘事情……我身旁這位就是當時有份參與收購唐樓的物業顧問——包先生。他會一五一十地說出他做過的事情。所以也希望姨婆妳不要隱瞞甚麼了……其實我一直覺得妳還有甚麼東西沒有向我們提及……」

　　姨婆沉默不語，似是在等那面露悔疚表情的包先生說話。

　　「首先…感謝婆婆最終願意賣出單位……然後，對不起！其實…其實我們真的有使用過不良手段去迫你們出讓單位的！實在很對不起！據我所知，的確有同事曾經於深夜時分蒙面去那唐樓敲門、按門鈴去嚇住戶。但是那位同事幹了幾次後就沒有再幹了，說是敲門時被甚麼恐怖的東西反嚇回頭……現在，我已辭工了！受夠了！不再幹這一行了！」

　　「姨婆……妳可以說出你知道的內情了嗎？」

　　姨婆吞了一口清酒，嘆出了一口氣道：「唉呀！錢財及秘密也帶不進棺材的……而且你們這麼關心我，我不妨說一說那個故事給你們聽，信不信由你們……

　　約莫年多前，我和死鬼陳伯由通州街公園晨運回來，經過海壇街。那裡有很多已丟空了的舊唐樓，而唐樓底下則有一班露宿者在聚集。我們看到他們孤苦無依，有時會在附近買一些白粥、糖糕給他們吃。他們當中，有一個人是特別可憐的。她叫阿花，是個精神失常的女露宿者。其他露宿者都說她因精神有問題而被父母

拋棄，自小過著流浪生活。而她肚餓時都會去附近的九龍殯儀館及殯儀館附近的花店偷花吃，所以大伙給她起了「阿花」這個名字。

她的身世實在太可憐了，所以我們都特別照顧她，有幾次更試過帶她上來家中吃飯。當時她真的顯得很開心，仿似一個小女孩般開朗。我想她從來沒有受過這樣的照顧……

可是，去年的那個寒冬後，我們再也沒有看到她的身影了。之後有一露宿者對我們說有晚看到她捲縮著，倒在後巷中，走近她，發現她身體冰冷僵硬，而且沒有了呼吸……看來已凍死於後巷。那露宿者受驚了，即時離開了後巷。誰知翌日返回時已不見阿花的遺體了……

之後，當晚看到那穿門而入、似是乾屍的妖怪時，我才想到那可能就是已死去的阿花……她死後仍在想念當天曾到我們家中吃飯……」

姨婆說罷時已泣不成聲，在座的各人則黯然神傷，不去再探究事實的真偽了……

飯局結束後，偉哥帶姨婆回養老院，阿興則帶著幾

分醉意，獨自一人往巴士站前進。在人煙稀少的街道上，唐樓林立。阿興發現前方有些有黃有白的花瓣散落，他不經意地望了望右方的後巷——有一女子頭戴一頂大草帽，頭髮及其米黃色的連身裙長得誇張，乾癟的左手正緊緊揞著一束花。她一動不動地站立在原地，彷如一尊人形的蠟像。

阿興別過頭，加速向巴士站狂奔。

談到這裡，阿興有關唐樓的詭異故事便已告一段落。但是，當晚我們三人的故事仍未完結。

不知不覺已經是深夜十二時多了，阿興的故事終告完結。我在反復回想著故事情節——假如阿興的經歷是真人真事，或者「那怪物」並不是地產發展商假扮出來用於逼遷的手法。那麼，「那怪物」現在是不是還在附近的唐樓及花店徘徊呢？想到這裡，我就不寒而慄。我更不願意半夜裡獨自一人穿越於那種陰森的唐樓樓梯！為了避免發生以上狀況，我使出渾身解數，說出從前在小叔口中聽來的一件詭異事件……

當我擺出一副陰沉表情，只說了幾句開場白的時

候，本是恬靜的大廳門外傳來了一陣緩慢、沉重而響亮的腳步聲。它恰如方才故事中「那怪物」所發出的腳步聲。我們不約而同地屏息以待，一言不發地凝視著廳門的方向。

　　嘭…嘭…嘭……噠…噠…噠…噠……

　　腳步聲愈發愈近，突然消失了。我可以感覺到豆大的汗珠由自己下巴滴下。難道一說曹操，曹操就到？

　　突然，由故事中段就開始陷入沉默狀態的阿強打破了沉默，他飛身撲向電視機打開開關。那三十七吋的Sony電視便開始播放畫面陳舊的節目，接著阿強大喝一聲：「仆街！亞視來的！？」

　　現場僵硬的氣氛瞬間被緩和不少。接著他將頻道調至TVB，正在播放著周末深夜劇場《殺破狼》。之後他便對我說：「阿南，你可以繼續說下去了。不過我有一個提議，現在已是深夜，樓下治安不太好，不如取消去便利店吧！我家還有即食麵、咖啡及紅酒，任你們吃，任你們喝！」

　　之後我順利說完了那個叫「喜宴」的極之不吉利故

事，最掃興的是阿強，他只勉強吐出「深夜在通州街公園看到有異物在湖中暢泳」這種騙小孩的無聊經歷……他應該是認為自己絕對會輸才提議取消去便利店的！

接近凌晨三時，我們都有了睡意。睡房中，阿強睡在雙層床的上格，阿興睡下格，我則睡在房中一角的沙發上。由於剛才的詭異故事印象難忘，在腦海中縈繞不散，我那兩位朋友亦然。自然地我們各自躺在床上胡扯了一會。阿強問我們需不需要在睡前去一次廁所，說他可以陪我們去，可是他的提議實在太過 Gay 了，所以被我們回絕了。一會後，上格床傳來了阿強的入睡宣言：「我累了，明天再玩 FIFA 吧，我一定會讓你們吃蛋到完場的……晚安了……」

「晚安。」
「@#$%*%#@安@#$%。」
「晚安。」

「……！！！」

我聽到了一串聽不懂的「語言」插進了我們三人的對話中。一種不協調感由我背脊竄出，直叫人發毛。但我不敢作聲，因為再沒有人作聲。難道是我不勝酒力而

出現了幻聽？我不敢去考證了⋯⋯一股恐懼感侵蝕著我的心智。我可以發誓這是我出生二十餘載以來，第一次那麼期盼可以聽到阿強或阿興的聲音，亦是第一次那麼希望自己能突然失去知覺！

突然，我感覺到有一隻手緊緊掐著我的右手肘，於是左手反射性地伸出去摸。

那隻手，透過乾巴巴的皮膚滲出不可能屬於活人的冰冷體溫！我即時跳出沙發，在幽暗的唐樓房間中，我那已習慣黑暗的眼睛目睹了「那怪物」的輪廓。沒錯，如阿興所描述的一樣⋯⋯

「嗚呀啊啊啊啊啊啊啊！！！」

我從沙發彈起身，坐在沙發上。明媚的陽光從窗簾的隙縫透了進來。我右手沒有被抓的痕跡。

「哦～原來那只是噩夢！虛驚一場而已！」我發誓以後臨睡前絕不聽鬼故！

之後我從旁邊傳來的鼻鼾交響曲中，推斷出兩位朋友依然酣睡於夢鄉。

　　「可惡為甚麼老天那麼不公平！只有我發靈夢！？」
於是我拉起窗簾，好讓刺眼的陽光弄醒他們。我睡不
了，他們也休想可以睡得舒適！

　　我別過頭，看到那雙層床，我看到了一輩子也不可
能忘記的衝擊性景象——阿強的褲襠濕了一片，一滴滴
的金黃色小水滴由雙層床的上層一點一點地滴到下層的
阿興身上。金黃色的陽光與水滴互相折射，閃閃生輝。
阿興及他的衣服都被沾濕了，阿摩尼亞的味道更在空氣
中揮之不去。

詭異日常事件

我有一位朋友叫阿興,說詭異故事嚇人是他的興趣。

在某一晚舉行的詭異故事大賽中,我以某個陳舊的不祥故事向他下戰書:這是我從小叔身上聽到,關於「喜宴」的不吉利故事。

我小叔名叫廣志。70年代他還只是個八、九歲大的小鬼。由於他父母常年遠赴英國工作,所以有段時間他都寄住在舅父家中生活。小叔的舅父據聞是個嬉皮士,是個以投稿色情及奇幻小説到出版社賺取稿費維生的「作家」,廿歲左右便和同居女友生了個女孩,取名麗珊,之後兩父女就被拋棄了。由於廣志及麗珊年紀相若,而且亦頑皮得不得了,關係親如兄妹。兩人時常聯手作惡,令舅父頭痛不已。

廣志九歲生日那天,舅父帶了他和麗珊去西餐廳吃了數十元牛排大餐,還送了兩架鐵皮玩具飛機給廣志作生日禮物。廣志覺得很奇怪,明明幾天前還和表妹麗珊弄壞了他的唱片機,然後更將他心愛的黑膠唱碟拿去公園當飛碟玩,氣得他暴跳如雷。如今為甚麼如斯慷慨呢?他明明是個只顧自己享樂的人。

婚宴 佈景

　　原來是舅父的嬉皮士朋友在下週要去出席遠房親戚的結婚喜宴，但他沒有空，而且更聲稱人數不太夠，說需要湊人數，請他一家代為出席。按人頭計，一個人$500，所以他們三人共收$1500大元。九歲的廣志當時才知道原來去出席婚宴不但有玩具玩，更有工錢可收！他吹滅生日蛋糕上的蠟燭時，許下了「將來長大後要成為一個專業的婚宴佈景人」此等崇高願望。他吃過蛋糕後便分了一架玩具飛機給表妹，一起到公園玩「飛機捉迷藏」遊戲。

　　婚宴當日下午，舅父穿起了他不知在甚麼地方得來的不合身西裝，容光煥發地在等身鏡前弄著頭髮，不時興奮地對身旁的一對小孩說：「麗珊，妳想不想要個溫柔體貼的新媽媽？廣志，你又想不想有個年輕貌美的新舅母？婚宴席上通常會有可人的伴娘或新娘姊妹出現的唷！噢，我這身時尚的打扮及俊俏的面龐定必引來她們的青睞！希望我的魅力不至於連新娘子也為我的風采而傾倒吧！」

　　廣志當時並不明白舅父在説甚麼，亦沒有甚麼興趣去探究。只是專心致志地和表妹在一旁看老夫子漫畫，剛看到的故事標題是《一見發財》。不久舅父便下樓去了髮型屋，聲稱要弄一個貓王頭。

　　傍晚，梳著貓王髮型的舅父回來了，還借來了一輛黑色的老爺車。於是乎三人便登車出發去婚宴現場。貓王舅父邊發動老爺車引擎，邊哼起了英文歌，廣志覺得舅父唱得五音不全，便作出抱怨。

　　舅父反駁：「小孩子懂甚麼？這首歌叫《Let It Be》，送給捨棄了我的混帳女人——Let it be, let it be...There will be an answer, let it be...今晚我就要找個新歡，忘記那混帳女人……差點忘了，廣志，去會場的地圖應該在你背包內，我忘記了看。現在快拿給我。」

　　廣志隨即翻了背包一遍，找不到地圖。原來它掉了在車廂地上，他便拾起它，交給舅父。

　　「嘩！原來會場在老遠的新界大西北！幸好酒席晚上八時才正式開始。我們還來得及！」

　　轟隆轟隆，老爺車便揚長而去。

「喂，到了，你們醒醒！下了車還要走一段路的！」睡眼惺忪的廣志與麗珊下了車，跟著舅父沿著昏暗的小路前進。當時夕陽的餘暉，影照著沿路類似路標的老舊木牌，恰巧能為他們引路。

舅父拿著手電筒，邊照著地圖邊帶路，不時唸唸有詞：「難怪富貴陳給了我那麼多錢，原來要到荒山野嶺來！」

走了一段路，廣志漸漸看到遠處有些零散小屋座落著。再往前進，看到不遠處有兩間舊式只有一層高的青磚屋，屋前的空地有數張坐滿賓客的大圓桌。一些木柱矗立於空地各處，連接著木柱的繩索上亦掛著一些紅白傳統大燈籠以作照明。似乎目的地已近在眼前，而喜宴也已經開始了。

舅父在空地入口找到了迎賓處，但沒有人，只有一個白色箱子，於是將禮金投進到箱內，在案上的賓客簿上簽了富貴陳的名字。然後施施然在外圍的桌子找到三個空位，在此坐下。坐下時，賓客都好像停住了幾秒，瞪了他們三人一眼，之後大家也回復笑容，笑瞇瞇地互斟酒、談話。當時廣志有種不自在的感覺，只是他當時不知怎形容才好，概括而言，這喜宴的氣氛與他曾到過

的不同，有股異樣感。

之後喜宴仍在進行中，苦無交談對象的舅父一邊喝燒酒，一邊抽菸，興起時則仰天唱起英文歌。廣志則和表妹翻看老夫子漫畫，老夫子漫畫被翻到最後一頁，故事標題是《耐人尋味》。廣志看到舅父攤在椅子上打瞌睡了，悶極無聊之際，他一個念頭閃過，在背包內取出玩具飛機，和表妹到旁邊玩「飛機捉迷藏」遊戲。

表妹幸運地猜拳贏了，廣志便要當鬼。遊戲規則很簡單——數一百聲，之後找回拿著飛機的表妹。

「1⋯2⋯4⋯10⋯40⋯70⋯99⋯100！」廣志誠實地在空地旁的一棵大榕樹下數完了一百聲，之後開始找尋麗珊的蹤跡。他走到其中一間青磚屋旁邊的空地時，右腳突然踏空，一滑，整個人失了重心，重重地墮進了一個地穴中，那是一個長方形的地穴。

他說，之後的事他一輩子也不可能忘記⋯⋯

長方 ◉ 地穴

廣志癱坐在地上，屁股痛得叫他差點要哭出來，待痛楚消退得十之八九，他才意識到自己墮進了一個比他舉手還要高的地穴中。他便抬頭高聲呼喊：「救命呀！有沒有人啊！？麗珊、舅父，快來救我呀！」

嘻⋯⋯嘻⋯⋯嘻⋯⋯嘻⋯⋯
嘻嘻⋯⋯嘻嘻⋯⋯嘻嘻⋯⋯嘻嘻⋯⋯

廣志呼喊了數次，也沒有回應或得到救援，只聽見嘻嘻的嬉笑聲，抬頭也只看到高掛於夜空上的滿月。月亮上的兩顆斑點如像兩顆眼睛，俯視著他現在的窘況。

他急得想哭，手抓褲袋，才記起自己褲袋袋著小型手電筒。他用手電筒照遍四周，發現這個地洞和他睡的單人床尺寸差不多。他還發現這裡有一塊長長的褐色木板。急中生智，廣志將木板豎起一端，並將那一端靠在地洞牆上。木板形成了一個通往地面的斜坡，他緩緩地從木板爬回地面。地面上風光依舊，新郎新娘仍未現身，在場賓客仍在嘻嘻笑。沒有人發現他曾陷到地穴中。

　　廣志拍了拍身上的塵土，之後繼續去找表妹。但這回他學聰明了，間歇地以電筒照一下前方地下才前行。因為他知道並非所有地穴都有木板可用的。

　　「哎呀！好險！」

　　廣志看到他剛才墮進了的地穴旁邊還有一個一模一樣的長方型地穴，於是他繞過了它。地穴的旁邊是一間青磚屋，它位於舉行著喜宴的空地旁邊，它的四周雜草叢生，並不像有人居住。幽綠的灌木植物由屋頂垂下，乘著微風柔柔地擺動，似是對屋旁的尋人者招手。

　　廣志的電筒無意間照到屋門前的地上有一張「拍拍紙」，便拾起了它，它印有沙和尚悟淨的彩色圖案。他一眼就認得這張卡是幾天前輸給表妹、本來是屬於他的卡片。憑著這個線索，他覺得她可能躲在屋裡。

　　「哈哈哈哈，麗珊你太天真了，以為躲在屋裏就逃得過『宇宙魔頭廣志』的魔爪嗎？」

　　於是宇宙魔頭廣志用他的魔爪推開了半掩的大木門。門打開了，屋內迴盪著「吱……依……」的開門聲，以及空地那喜宴上賓客們的嬉笑聲。

　　屋內沒有人的跡象，而且十分幽暗，提供照明的只有在屋內各處忽明忽暗的白色蠟燭。屋內擺設對廣志而言是面善的，因為格局和黑白電視劇中清末民初富戶差不多，亦有點像廣志以前去過的祠堂。大廳正前方沒有擺放電視機，取而代之的是一張很大很大的「神枱」，枱上仍有香燭點燃著。至於枱上「神主牌」的文字太潦草，猶如鬼畫符般，廣志看不懂。既然屋中沒有人，他就沒有理會這是別人的家，不消一會就完成了大廳的地毯式搜索，卻沒有甚麼發現。

　　「難道我中了麗珊的詭計？」

　　正當他想離開之際，他看到大廳一角的地上又有一張拍拍紙，那張卡上印有牛魔王的圖案。廣志即時已認出這張拍拍紙——是屬於麗珊的。因為當天她就是以這張卡奪去他的悟淨。同時，他注意到原來拍拍紙旁有一道與牆身相同顏色的木門，它虛掩著，幽幽的燭光時而從隙縫間泄出，引誘著廣志去窺看房中的世界。

詭譎 ⬤ 新娘

　　輕輕一推，門就敞開了。是一個與大廳一樣風格、以燭光照明的睡房。廣志探頭入內東張西望。先望東，有張大床……再望西，嚇了他一跳──有一張嵌有青銅鏡的梳妝枱，青銅鏡因為太模糊幾乎沒甚麼東西可反映出來。而枱前點燃著兩支大白蠟燭，有一位身穿紅色中式結婚裙褂的女子一動不動地面對鏡子彎背坐著。廣志猜她就是新娘子，新娘子身後，有一中年女人，正以極慢……極慢的速度為新娘子梳理她的烏黑長髮。但是每梳一下，就有頭髮掉落到地上。仔細看，地上已堆積了一堆長髮……

　　房中二人均背向廣志，不發一語。雖然廣志看不到她們的正面，心中卻有股說不出的異樣感油然而生。

　　「相信表妹也不會選擇躲在這種地方吧！」他在說服自己。突然，中年女人停止了梳髮的動作。接著她及「新娘子」開始慢慢地、以不流暢的動作撐頭去廣志的方向，廣志見狀立即縮回頭，退出房間，生怕被發現。接下來他又被嚇了一跳，因為大廳的蠟光已全數熄滅

了，他立即往屋外飛奔……

廣志回到了舅父身處的圓桌，這裡一切如常。稍有不同的，是在座的賓客笑聲變得更大，更令人覺得不自在了。還有舅父已經醒了，卻在發酒瘋：「這是甚麼鬼喜宴！？連新郎新娘也沒現身，只有只懂在笑笑笑笑的人！又聽不懂他們在說甚麼鬼話！半個時髦女郎也沒有！酒菜難食得叫人作嘔！快點……嗚…嘔……」

舅父酒瘋未完，便不禁雙手掩口，有如害喜的孕婦，奔到暗處草叢，嘔吐大作。

廣志再度巡視了喜宴會場一周。空地上的每一張圓桌也只坐有身穿唐裝的賓客。座落於空地北端的建築物，就是方才他擅自闖入的古怪青磚屋，而空地南端亦有一間青磚屋，它顯然比北邊的青磚屋大得多……

到現在都沒有看到表妹的身影，最終廣志得出了一結論，認為她100%躲在空地南端的青磚屋裡，因為現場就只剩下那裡廣志沒有搜索過。

到了南端的青磚屋前，大門似是被鎖上，打不開。廣志發現屋的一側有一道沒有鎖上的側門，便從那裡潛

入。他進入了青磚屋，察覺自己正身處於大屋的中庭。四周光源並不充足，光線僅僅來自垂於半空中蒼白的圓月，顯得中庭極為蒼涼。

　　廣志打開手電筒以補光線的不足。此時，他的電筒照向了中庭一角，那裡赫然擺放著兩副褐色、殘舊的元寶形木棺，當中一副是沒有頂蓋的。他心寒了一下，口中唸唸有詞：「有怪莫怪，小孩子不懂世界……有怪莫怪……」然而他並未退縮，因為他表妹及心愛的飛機仍未尋回。他便繞過了棺木走進屋內大廳。

　　大廳幾乎漆黑一片，廣志邊以手電筒照明，邊叫喊道：「很黑呀……出來吧麗珊，你已被我重重包圍了，快點出來投降！我數三聲……

　　　　1……

　　　　2……

　　　　2個半……」

　　　　嗚……嗯……架呼……哦……喲……嗚……嗯……架呼……哦……喲……

詭譎的呻吟聲突然於黑暗中呼出，回蕩不已。

「！」好像有甚麼人在這裡，廣志將手電筒漸漸減弱的光線投向大廳中央，亦即聲音的出處。

他看到了一個「人」。

拜堂 　　 成親

那是一個身穿新郎馬褂的男子。他直立在地上，身子卻以詭異的角度向後傾。他的頭緩慢地扭向廣志的方向⋯⋯一見發財！他的五官怪異無比——雙眼位置高低不同，右眼比左眼生得高，而左眼卻比右眼大上很多很多⋯⋯唯一相同的地方是左右眼都是睜得大大的！他的鼻子很小，下方則有張大了的O型大口，嘴唇像是被塗黑了的一樣。

「呢⋯⋯依⋯⋯哦哦哦哦哦哦哦！」
「呃哇！！鬼呀！！！」

廣志嚇得癱軟於地上，使不出任何氣力。在手電筒

的電力耗盡前一刻，廣志看見身邊有一張大枱，於是慌張地爬到枱下躲起來，瑟縮及抖震著。他怕得想哭，不過欲哭無淚。那「新郎」依舊斜斜地立在大廳中央。

「吱……依……嘭！」

門，被打開了。舉辦著喜宴的空地上那不和諧的橙黃色燈光，夾雜著賓客的刺耳嬉笑聲透進青磚屋內，空氣沾滿了濃濃的不吉祥氣氛。雖然是遲了點，但廣志終於明白為甚麼一來到會場就有種異樣感了。

緊接著，廣志透過門口，望見空地的另一方，北端的青磚屋，有轎夫正抬著一頂大紅花轎，由會場空地走來，漸漸地靠近門口。未幾，大紅花轎到達門口，停了下來。花轎的紅布幕被轎夫掀開。轎中的「新娘」以紅布蒙頭，慢動作般下了轎，進入了青磚屋，沿路上留下了一縷縷的烏黑長髮……

大廳中央，「新郎」及「新娘」並列在一起，面對著面，各自發出不祥的叫聲：

「嗚……哦哦哦哦哦哦哦哦哦哦！」
「嘻嘻……嘻嘻嘻嘻嘻嘻嘻嘻嘻！」

之後，「新郎」舉起他僵硬的右手，一疾一疾地扯下了「新娘」的面紗。

又一見發財了！廣志極為後悔，明知自己已經嚇得半死了還要探頭出去！「新娘」的相貌驚嚇度並不亞於「新郎」——她雙眼很小、很小，而且是反白的，猶如蒸熟了的魚眼珠⋯⋯她的嘴唇，極之大，佔據了她臉部的三分之一，嘴唇上還塗了深紅色的唇膏⋯⋯

看到這裡，廣志已沒有勇氣仔細觀察「她」的臉了。正當他縮回頭之際，他目睹了另一件觸目驚心的事——他借給表妹的玩具飛機！「新娘」下垂的紫黑色的手中，正握著那不幸的玩具飛機。

「為甚麼會這樣的？為甚麼她會握著麗珊的飛機？即是說麗珊真的曾到過剛才那間屋⋯⋯嗎？」

哨哨哨⋯⋯打打打打⋯打哨哨打打打⋯⋯哨哨哨⋯⋯

一陣嗩吶聲由屋外的空地響起，同時幾乎所有賓客都面露著扭曲的笑臉，站起身了，面向新郎新娘身處的青磚屋。廣志現在才發覺所有賓客都身高近兩米！

喜宴

刺入心肺的嗩吶及嬉笑聲、眼前極為詭異的景象、行蹤不明的表妹……一切不吉利的現象在壓迫著廣志。他的胃一陣抽搐，便吐了堆穢物出來。他終於壓抑不住對一切未知異象的恐懼，哭了起來，失聲呼喊：「嗚呃哇呀！舅父救我啊！我在這裡呀！我想回家啊呀！嗚……嗚……」

在這時，被眼淚弄得雙目一片模糊的廣志看到有人正在踏入大門——是舅父？

不！是剛才的轎夫們！他們面無人色，正扛著一副大棺木……之後他們將棺木蓋打開，放在「新郎」及「新娘」跟前，在等待著甚麼似的……

「哦哦哦哦哦哦哦哦哦哦！」
「嘻嘻嘻嘻嘻嘻嘻嘻嘻嘻！」

「新郎」、「新娘」突然發出刺耳的吶喊聲，之後一同爬進了棺木中，轎夫便立時蓋上棺木。後來時不時有「哦哦」及「嘻嘻」聲從棺木內傳出。廣志終於忍不住了，邊哇哇大哭，邊拔足狂奔，奪門而出。他跑到了空地上，察覺到哭的不只有他……全場兩米高的賓客都由喜轉悲，哭喪著臉。

亡命  逃跑

　　廣志腦海已經一片空白了，只是靠本能往前奔跑。突然，有一隻手從後抓住了廣志。他反射性地往後一看，幸好不是看見一見發財的東西，而是面色蒼白得如同死人、氣喘如牛的舅父。

　　「終⋯終於找到你了！我們，好⋯好像是著邪了！其餘甚麼也不要問⋯⋯來！快，快跑回車上去！我去找麗珊⋯⋯很快就回來，你先在車上等著！」

　　廣志覺得進退兩難：一方面他沒有勇氣獨自一人經由黑暗的小道回到車上，另一方面他亦沒有勇氣逗留在這詭異的「喜宴」會場中！逼不得已，他鼓起遠超同齡小孩的勇氣，選擇了回到車上。

　　與舅父分別之後，他幾乎瞇著眼，在幽暗小徑上發了狂地奔跑。路上他不記得已經摔倒了多少遍，只知道他已遍體鱗傷了。但他沒辦法停下來，因為他身後的嗩吶聲、喪哭聲、嬉笑聲、怪叫聲都在漸漸逼近⋯⋯猶如催命符，逼著他逃離這個鬼地方。

　　廣志撞上了一異物，又重重摔了一跤。糟了，右腳好像扭傷了。他不敢哭，生怕招來剛才那些不祥的事物。他唯有強忍淚水，坐在地上等待痛楚散去。此時他發現異物亦倒在了在地上——它是一個破舊的木牌，上面刻了些文字，但由於木牌已殘破不堪，只勉強看到少部分字，例如——「娘潭」兩個字。

　　痛楚已消減不少，但右腳的扭傷是貨真價實的。廣志一拐一拐繼續往前逃。皇天不負驚心人，廣志終於安全抵達了老爺車，他摸黑用舅父給他的車匙開門上車，之後即時縮在尾座中，又急又怕，惶恐地等待著舅父及表妹的身影。這時，廣志再一次聽到車外嗩吶聲愈來愈近了，他愈發抖震！

　　豪無先兆地，前座車門被打開，廣志嚇得整個人彈起身。

　　「廣志！快給我車匙！快！！！」

　　原來是舅父！他滿面冷汗，面色蒼白的他還半抱著昏迷不醒的表妹麗珊。兩人渾身沾滿了不明的血跡。

　　廣志來不及思考，立即將車匙遞給舅父。他觸摸到

舅父的血手時，發現其抖震程度不比自己低，甚至可與患有嚴重老人病的祖母匹敵。之後舅父急不及待發動引擎，也弄得廣志的手也沾上血了⋯⋯

「隆⋯隆⋯隆⋯⋯」
「該死⋯⋯開不動！給我快點快點快點快點快點快點快點開動啊！！我用了十大元租你回來的！」

舅父仍在拼命地發動引擎。

老爺車果然在關鍵時刻起動不了，中了廣志的不祥預感。他擔心了起來，偷偷地望向窗外。

在剛才的小道上，四個轎夫正扛著剛才的那副大棺槨，一步一步地向老爺車的方向走過來。棺槨前方，有「人」在吹嗩吶，另有「人」在左右各提著燈籠，一個紅燈籠，一個白燈籠，像是在領路，棺槨後方，則有一班在哭哭啼啼的「人」⋯⋯同樣有兩米身高⋯⋯

廣志用手擦了擦眼，看真一點他們。那裡所有「人」，甚至轎夫，全部也不是人！而是兩米高的紙紮公仔！那麼說，剛才喜宴上的所有來賓除了自己、麗珊及舅父三人外，其他的都不是活人嗎！？

想到這裡，看到漸漸接近的不祥事物，廣志不寒而慄，心驚肉跳。

過了片刻，車子仍舊文風不動，而那些不祥事物已經到了車子的兩三米外了。

嘭！

一聲巨響，「轎夫」放下了沉重的棺槨，棺槨的頂蓋隨即緩緩移開……

「舅父！還沒行嗎！？它們……跟上來了呀！！！」

舅父一回頭，即目睹了窗外的詭異事物，便立即踹開了車門，對廣志大喊：「下車！快跟著我跑！千萬不要望後面！！！」

話音未落，舅父抱起了昏迷不醒的麗珊跑了下車，廣志則一彈一跳地跟著舅父逃跑。他能感覺到曾扭傷的地方已不怎痛了。「原來人在危急關頭真的可以發揮身體潛能！老師原來沒有吹牛的！我們可以獲救了！」正當他有此天真想法時，天意弄人，他踏在碎石上，一失

重心，整個人重重地摔倒了。老爺車的方向，又傳來了怪聲。

啲啲啲…打打打打…打啲啲打…打打……

「嗚哦哦哦哦哦哦哦嘻嘻嘻哦哦哦哦哦哦嘻嘻嘻哦哦哦嘻嘻哦哦！」

啲啲啲…打打打打…打啲啲打……打打…啲……

廣志不爭氣地往後望……老爺車旁的棺槨已經完全敞開了，有東西慢慢從那裡面爬出來……！

是「新郎」和「新娘」……

「新郎」依舊張大著他的大口、「新娘」依舊有雙駭異的反白魚眼。它們從棺槨爬出到地上，由腳到腰際已呈互相交纏之形，恰如兩條蛇在交尾的樣子。那對「新人」以兩對手抓地，發出吵吵聲，緩緩地爬進老爺車子上。

在車門被關上的同時，車子引擎竟然發動了。不過引擎聲再不是「轟隆隆隆……」，而是「馳馳馳馳馳

馳……」。

　　老爺車開始駛向廣志，他感覺到車上的一對新人在死盯著他。

　　廣志身體動不了，先撇開身體上痛楚因素，令他動不了的原因是恐懼！是對詭異事物、未知事物的恐懼。他整個人乏力地軟趴在地上，坐以待斃。

　　「怎麼還不快走了！？會死人的！快騎上來！快快快快！抓緊啊！！！不用怕！當作和舅父玩『騎膊馬』就行了！」

　　說時遲，那時快，舅父跑了回來，手抱麗珊、背起廣志向前猛衝。廣志意料不及舅父有這種力拔山河的氣力，竟然可提著兩個小孩子跑，勇猛有如消防員。原來人在危急關頭真的可以發揮身體潛能！是千真萬確的！一向只會去戲院看三級電影及寫色情小說的舅父現在竟然變得這般可靠。

　　於是廣志緊緊合起雙眼，用上全身僅餘的力氣去抓緊舅父那並不寬闊的肩膊，更於心中乞求太陽伯伯能早點上班。當時廣志不知道朝陽是否會為他破例升起，只

知道身後的「馳馳」引擎聲已漸漸逼近。

突然間，廣志感覺到舅父停止了奔跑，並將他卸下。難道他要放棄了嗎？難道萬事皆休了嗎！？廣志睜開眼，見到舅父在扶起路旁一輛鏽跡斑斑的鳳凰牌單車。

舅父絞動了腳踏幾下，亢奮高呼：「天無絕人之路也！感謝主！真走運！廣志立刻扶麗珊上來！」

一刻後，舅父已踩動了單車，廣志則在後座緊抱失去意識的麗珊及抓緊車子。他又緊閉雙眼，禁止自己再去想剛才所發生的事情，只專心致志地留意腳下由單車鏈發出的躂躂躂躂聲，這像是它隨時會斷裂似的警報似的。

過了不知多久，轟隆隆隆的引擎聲由身後傳來。廣志回過神，張開眼。四周景色已變成一條寬闊的大馬路。他再次鼓起十級勇氣，回眸視察。方才那台載有不吉祥事物的老爺車已經失去蹤影了，路上只有輛貨車在行駛。廣志終於可以鬆口氣了。誰知他一放鬆連帶手也鬆了，連同麗珊一同摔下單車。舅父察覺後就立刻緊張地下單車。

「你們一臉狼狽，需不需要幫忙？在深夜的高速公路上踩單車很危險的。」

蓄著鬍子、樣子豪邁的貨車司機看到廣志他們的窘況後，便停下貨車，問他們需不需要搭順風車。舅父當然卻之不恭，甚至將貨車司機當作了救命恩人，之後三人乘上了貨車的貨倉。

惡夢　　靈驗

在貨倉中，也許是累壞，亦可能是嚇壞了，舅父一直低著頭，沉默不語。他的不合身西裝已被磨破，貓王髮型也已蕩然無存，與之前判若兩人。

而麗珊則在他身旁，發出輕輕的鼻鼾，看來她並沒有甚麼大礙。雖然暫時「安全」了，但這種沉寂的氣氛，令廣志不禁回憶起方才在那一片漆黑的青磚屋內，所發生的可怕事情。

於是他打破沉默，問舅父剛才他找回麗珊的經過。

　　舅父垂著頭，似在自言自語多於回答廣志：「剛才……我喝醉了……做了個可怕的惡夢，夢到離世已久的婆婆。她生前很疼愛我的，但夢中她竟拖著一隻黑狗，向我呼喝，並在趕我走。我很害怕。之後我就醒了。

　　胡亂發了幾下酒瘋後，發現你們不知跑到哪裡去玩。我覺得渾身不自在……之後便對月亮訴苦了幾下，突然胃裡有股翻騰的感覺，就跑到草叢嘔個痛快！不知嘔了多少東西出來，也不知嘔了多久，但是清醒了不少。

　　無意之間我聽到有狗吠聲。原來是一條大黑狗。它身上有傷口，在不停流血。它走到我腳邊，向一間門開了一半的青磚屋狂吠了數下，之後四肢朝天地死了。

　　我轉個頭打算回去桌子之際，發現有數個很高的賓客站在我身後，他們雙手伸直，面如死灰地對著我。我覺得極之不對勁，正打算離開，卻被那狗屍給絆倒，摔了個狗吃屎，整個人沾滿了狗血……

　　現在回想起來真是諷刺，我竟然給一條黑狗救了……說不定是婆婆顯靈……救了我……」

　　廣志察覺到舅父在抽泣，他屏氣凝神，靜候舅父繼續說下去。

　　「之後抬頭一看，感覺像是看見了大霹靂！因為那數個賓客已變成數個紙紮公仔！在場所有『人』都是紙紮公仔！！！老一輩的人曾說黑狗血是可以治邪的……原來是千真萬確！

　　之後不知為何，我身後的紙紮公仔各自散去了。我當時被嚇得六神無主！想拔腿就跑，但想到你們不知跑到哪裡，只好硬起頭皮去找你們。我先去了老爺車找，可是車上空無一人。

　　當我跑回來，看到那間大青磚屋，竟然看到那些玩意在拜堂成親！！這真是弊家伙中的弊家伙！記不記得那個常坐在天后廟前說故事的老伯？有次他說過厲鬼冥婚的故事──『新郎』及『新娘』在拜堂時會找一對年紀相若的童男童女做替身，來作活祭……」

　　聽到自己幾乎成為了活祭品，廣志覺得猶有餘悸，但好奇心使他發問下去：「那之後如何了？」

　　「之後我就看到你魂不附體地跑出來了。我叫你先

逃回車上，然後再去找麗珊。那時我突然想起那黑狗死前曾向另一間青磚屋狂吠。我猜牠是在提示我麗珊就在屋內，便即時從狗屍上搾了點黑狗血，衝到屋內。

之後在一個滿地長髮的房中發現了兩口小棺材。給我猜中了！一定是婆婆顯靈！麗珊就睡在其中一口棺材裏，我塗了狗血在她身上……」

舅父說到這裡，車子便停了。

舅父打開車門，熟悉的街道影入眼簾。是石硤尾！廣志又哭了！但這回流的是喜極而泣的淚水。舅父在旁不停大叫：「God bless the queen! God bless the queen!多謝婆婆！多謝婆婆！多謝司機先生！多謝司機先生！」

他吵嚷得弄醒了麗珊，但她似乎是失憶了，只記得正要開始玩「飛機捉迷藏」，並吵嚷著她的飛機不見了，玩不了飛機捉迷藏遊戲。她真是個幸運兒！

眾人下了車，司機先生迎面而來，道：「不用再跟我道謝了，我也是住在石硤尾，大家都是街坊！互相照應是應該的！對了，恕我唐突問句——其實我很好奇為甚麼你們會半夜三更在高速公路踩單車？還弄得滿身是

血？我一開始看到你們，還以為自己活見鬼了！你們是被偷渡客襲擊嗎？」

舅父的神情迅即由興奮轉回原來陰沉的臉色。嚴肅地表明：「實不相瞞，恩公，其實活見鬼的不是你，而是我們⋯⋯是這樣的⋯⋯」

沿路 跟隨

於是乎舅父將方才喜宴上所見所聞的詭異事物都繪影繪聲地憶述給司機先生聽，但卻換來司機先生的輕蔑反駁：「兄弟，現在已經是摩登時代了吧，你看，飛機也在天上飛了啊！你還在鬼話連篇！？不如說你看到耶穌復活吧！」

「千真萬確的！小孩子不說謊，你可以問一下我身旁的小男孩！」

廣志點了點頭。

「夠了！老子甚麼鬼也不怕！不怕對你說，我年輕

時就是在大陸開車運屍的！當時有不少人餓死，我載三日三夜屍也沒看過半個鬼影！」

司機先生一直否定舅父所謂的活見鬼。直至舅父說出剛才被那輛黑色老爺車追趕的那一段之後。這回輪到司機先生臉色轉青了。

「剛…剛……剛才由你們上車開始……我就時不時從倒後鏡中望到有輛黑色的老爺車在跟著我的貨車……直至剛才為止……媽呀！！」

接著司機先生以迅雷不及掩耳的速度跳回車上，他邊重啓引擎，邊慌張地對廣志一行人說：「今晚你們就當沒有見過我，我亦沒有載過你們……媽的，我要去海壇街天后廟走一圈……你們也最好好自為之了！」

貨車高速地消失於往深水埗的方向，聽到那不祥老爺車似乎在窮追不捨，廣志難免感到不安。舅父則在安慰他這裡是市區，不用怕了。明天也去天后廟拜一拜，現在先回家洗個澡，好好療傷，再將今晚所發生的一切當作是一場夢魘，忘掉它，Let it be……

他們三人步行回家，沿途麗珊仍在嚷著飛機不見了⋯⋯

翌日早上，廣志被吵架聲吵醒了。因為在廳子裡傳來的吵架聲實在太大了。於是他從房門的間隙偷望，發現舅父正和一名男子爭吵著。

「我給了你那麼多錢你去租車、買名牌西裝、請你去大吃大喝⋯⋯你收了錢之後竟然爽約！？在看不起我嗎！？我請你去我表哥大頭威的婚宴的目的就是為了給那狗眼看人低的表哥來個無聲抗議！

讓他知道我有錢也不屑出席！寧願花大錢聘其他人代我出席！但是⋯⋯你知不知我現在多麼丟臉？其他親戚說昨晚大頭威當眾恥笑我窮得沒面出席他的狗屎婚宴啊！」舅父的朋友富貴陳揪起舅父的衣領在大嚷，七竅生煙。

「你才是在開我玩笑！昨晚所謂婚宴是冥婚才對吧！你表哥表嫂都是厲鬼！我們昨晚差點就成為厲鬼的替身！一開始我已經覺得奇怪了，婚宴會場竟然在新界大西北⋯⋯原來是那邪門的新娘潭！那個被淹死的鬼新娘在辦喜宴啊！你是想收買人命吧！」

「你是否沒錢還給我便開始胡言亂語，連東南西北都搞不清了？甚麼見鬼的新娘潭？昨晚婚宴場地是在元朗大棠啊！我不是給了你地圖嗎？混帳傢伙！」

此時，舅父的表情大為驚愕，便即時找出廣志的背包並翻了一遍。他發現地圖原來仍在背包中⋯⋯換言之⋯⋯事件的元兇是來自那輛老爺車及車上的地圖⋯⋯舅父知道後開始喃喃自語説不該租那輛車的⋯⋯當時真的被鬼迷了⋯⋯

那之後，舅父費了很大勁才平息富貴陳的怒氣，但並沒有向任何人澄清那輛老爺車的來歷。富貴陳離開後，舅父叫廣志喊醒麗珊，説一起去天后廟拜拜避邪。

麗珊醒過來後，高興地舉起本應昨晚就丟失了的玩具飛機：「Yeah！太好了！飛機回來了！廣志哥哥，一起玩飛機捉迷藏好嗎？」

舅父及廣志凝視著那不應存在的玩具飛機時，臉色不約而同地變得鐵青。眾人沉默了片刻後，舅父慌張地説：「麗珊、廣志⋯⋯暫且先不去天后廟了，現在先收拾一下隨身物品⋯⋯之後再去天后廟吧⋯⋯還有，扔了那飛機，我改天買個新的⋯⋯」

　　離開舅父家時，大門閉上的那一刻，廣志彷彿看到屋內有兩雙詭異的眼睛注視著他——一雙是反白了的死魚眼……另一雙則是不對稱的大小眼……

　　廣志三人，極速逃離！

朦

◉ 詭異日常事件 ◉

臘 肉

　　經過昨晚於唐樓的詭異比賽後，大家都對之後引發起的「金黃小水滴」慘案絕口不提。阿興洗了個澡，問阿強借了套衣服替換後，我們三人差不多玩了一整天電玩。

　　傍晚，阿強請了我們去他家附近的大角咀街市大排檔吃晚飯，我點了一客臘腸飯。由於大排檔生意過於興旺，所以候餐需時。於是阿興說了一個關於臘肉的故事來消磨時間。

　　故事的當事人名叫洪偉。人如其名，身形雄偉，擁有一副香港先生般的身形。不單是外形，他亦有著天不怕地不怕的個性。但一件突如其來的詭異事件，把他嚇得有如剛出生的馬兒，連站也站不穩，還差點屁滾尿流了。

　　事情發生的日期要追溯到去年農曆新年後的某日。

　　隨著來參拜的人客減少，從事與車公廟相關工作的洪偉，明天開始終於可以放假了。他回想起這幾天人客蜂擁而至的情境，心想連車公也會被他們的洶洶來勢嚇跑吧。想著想著，他已收拾好，準備下班。

　　突然，他的Sony Xperia V震動起來，接過來電：「喂？我是偉仔。」

　　「喂，偉仔，新年快樂！是黃伯啊，士多那個黃伯！」

　　「哦！黃伯很久不見了！新年快樂，祝你身體健康！找我有甚麼事？」

　　「說起來真有點過意不去，其實我剛由大陸回來香港，但行李太多，一個人拿不了。請問現在有沒有空，可不可以幫我將它們搬回士多呢？」

　　「當然沒問題！你在哪裡？我現在來接你吧！」

　　「好極了！我在皇崗口岸等你。」

　　黃伯是一名住在村尾、經營士多的老人，自年前老伴去世後就一直在獨居。洪偉在一次探訪新界區獨居長者義工活動中結識了黃伯。兩人棋逢敵手，自此漸漸熟絡起來。

　　十多分鐘後，洪偉駕駛著有禁區許可證、公司的輕型客貨車，往皇崗方向駛去。他在心中默默唸道，自己從來光明磊落，不是為了去討黃伯的大利是錢才去接他的，只是不忍心讓老人家一個人在邊境徬徨無助而已。

超重　　行李

　　抵達皇崗，洪偉找到了黃伯。如洪偉所料，他第一時間就笑瞇瞇地塞了一封利是給他。可是他卻想不到黃伯竟然一個人帶有三個行李箱，大中小各一，而且每個亦有一定的重量，叫他這名壯漢搬得氣喘如牛。行李放置好後，客貨車又再度開動。

　　「黃伯，這個新年你收穫真豐富！竟帶回這麼多手信。」

　　「哎，不算甚麼，全都是親戚給我的……對了，待會分一些給你拿回家吧。」

　　「噢，那麼先多謝你了。是甚麼東西來的？」

　　「是一些臘味，有臘鴨、臘腸、膶腸。他們都知道我愛吃臘味，一下子就塞了那麼多給我。我雖然愛吃，但一個人總吃不了那麼多。所以你要多拿一點喔！」

　　「好呀好呀……」話雖如此，其實洪偉不太接受到臘味的味道，認為它們總是油油的黏黏的，帶有股莫名其妙的鹹味及臭味。只是家人都不會抗拒，所以打算給

家人吃算了。

　　大約是晚上八時了，客貨車抵達了目的地，車頭燈照亮了那殘殘舊舊的士多招牌。洪偉下車準備將行李搬到士多內。

　　在黃伯的指示下，洪偉拖著沉甸甸的行李，越過士多內凌亂不堪的走廊，共花了十牛三虎之力，才將它們運抵士多二樓。洪偉在放下最後的一個行李時，覺得它抖動了一下，可能是身體已快要累壞了，從而產生的錯覺。

　　「太感謝你了偉仔，這年頭很少有你這種熱心的年青人了！」
　　「不算甚麼……舉手之勞而已……我當作為健身運動。黃伯你才犀利，竟然一路上帶著這麼重的行李……」

　　「那要托親戚的福了，路上都是他們幫我抬行李的。對了，想必很累了吧？你可以下去士多的沙發休息一下，店內的食品飲品隨你吃喝，而且很久沒有和你下棋了。現在時間尚早，要不要來一局？」

　　「好啊，半年以上沒有和你較量過了！」

臘肉

於是洪偉和黃伯在士多內下中國象棋，一下便下了差不多一個小時，仍分不出勝負。突然，黃伯一記將軍抽車，洪偉敗局已定。但心高氣傲的他仍不願服輸。

「呵呵呵，年青人，你仍未夠火候啊！你在這裡慢慢地想拆局的方法吧！我到樓上去將臘味打包給你。」

洪偉一個人坐在老舊的皮沙發上苦惱著。不久後他便放棄了。他嘆了口氣，接著環顧了四周。在昏暗的燈光下，他發現士多和他一年前來的時候並沒有任何大變化，就連廣告海報也沒有改變。唯一不同的是比之前亂了點⋯⋯

在洪偉發呆期間，黃伯已笑容滿面地提著一大袋手信，往樓下來了。

洪偉載著並不太滿意的戰利品回家。他再一次確認到自己對臘味是反感的。黃伯贈予的「臘味福袋」在車內隱隱散發著不明的味道，揮之不去。再加上福袋內外都油膩膩的，使車內的環境一下子變得叫人不好受。

「這回慘了，車廂變得那麼糟，回到公司一定引發錦鯉王的怨言⋯⋯」

玩了一整個通宵網絡遊戲的洪偉一口氣昏睡到傍晚。一睜開眼，便看到了夕陽美麗的餘暉。但是，弄醒他的不是太陽，而是濃濃的臘肉味，他隨即飛奔到飯廳。

臘味 ⊚ 佳餚

「呀，偉仔你醒了嗎？今晚我們吃臘味大餐呢！你要好好多謝黃伯給了你這麼多那麼高品質的臘味！」洪偉看到老媽在雀躍地來回於廚房與飯廳，捧出一碟又一碟的臘味菜式，分別有蒸臘鴨、煮膶腸，及焗臘腸飯……看來自己已逃不過吃臘味的宿命。

飯局開始，洪偉的高中生妹妹一直在扁嘴，嚷道：「人家不想吃這樣噁心古怪的東西。我寧願吃營多撈麵好了。」

老爸則厲聲叱責她食物是珍貴的，不可以偏食！及後，妹妹扁著嘴眼泛淚光，委屈地夾起一小塊臘鴨肉放進嘴內。她稍稍咀嚼了一下，竟然開始大口大口地吃起來，還稱讚原來臘味是如斯美味的。而老爸老媽當然已在狼吞虎嚥眼前的大餐。

臘肉

洪偉則覺得自己顯得格格不入，因為他吃了半塊臘鴨肉後，覺得又鹹又臭，彷彿在吮別人的腳趾頭一般，臘腸亦好不了多少。

他心想：「黃伯的臘味味道實在太古怪了，和以往的臘味完全不一樣。」

其後洪偉說自己沒甚麼食慾，隨手拿了三包營多撈麵進廚房烹煮。他的家人投入地吃著吞著，並沒有特別為意他的離開及他有沒有食慾。

廚房中，洪偉邊煲熱水煮撈麵，邊在心中嘀咕著、奇怪著。為甚麼家人都那麼喜歡吃那些臘味呢？真的百思不得其解。

一會後，撈麵煮好，他淺嚐了一口：「嗚呀！幹！營多甚麼時候多了膶腸口味的！？」

同時，他發現自己雙手已沾滿黃油，是臘味分泌出來的油。他心中一慌，不為意別過頭，赫然目睹掛在牆上那具臘鴨猙獰的鴨頭，一股前所未有的詭異感油然而生。

已經不記得自己昨晚吃過甚麼東西，翌日洪偉渾渾

噩噩地坐在廳中看電視。中午時分，老媽煮了他最喜愛的咖哩牛腩。起初他有點擔心最心愛的咖哩牛腩會像之前的營多一樣，慘變成臘味口味。但是當他嚐過一口牛腩後，臘味疑雲一掃而光。咖哩有咖哩味，牛腩有牛腩味，他飽餐了一頓。

傍晚又到了，洪偉仍未吃晚飯就已經出發和朋友到澳門來個三日三夜之旅。他一心好好享受長假期的樂趣。快樂不知時日過，到了第三晚，他和朋友到賭場消遣。誰知一時意氣，或一時走霉運，玩百家樂時，他竟然負了數萬元賭債。洪偉膽子不小，打算最後一博將最後所有借來的錢押「和局」。結果奇蹟出現了，竟然給他一口反勝，還贏二萬多元獎金。

長假期完結，洪偉春光滿臉地回到公司。預期之內，一踏內門口，同事「錦鯉王」氣沖沖到走同洪偉跟前，向他追究起把公司客貨車弄得烏煙瘴氣的責任：「阿偉哥，早幾天你在客貨車到底做了些甚麼？」

「沒甚麼啊……只是替人送點東西而已。再者，我之後有加滿汽油才還給公司的……」

「甚麼叫沒甚麼啊？我不知你載過甚麼狗屎垃圾，

只知車廂臭得要死！還沾滿黏手噁心的黃油。我花了他媽的三個小時才弄乾淨車廂！」

「好了好了，辛苦你了，這兒有$500，收了它，當作是我給你的賠罪吧。」

「……好，還算你有誠意，同事一場，我就原諒你吧。但記著如果你下次不論載垃圾好、載死屍好，都要弄得乾乾淨淨才好還給我……」

錦鯉王拖著從未有過的異樣的眼神，漸漸地遠離洪偉，最後消失於他的視線範圍內。這結果亦是洪偉預期之內，因為他深知錦鯉王嗜財如命的性格。

只是有樣東西使洪偉覺得不尋常，就是錦鯉王那異樣的眼神……

沉　　迷

　　當日，洪偉動用部分獎金買了一堆高價日本海鮮回家，打算請家人分享海鮮大餐。他幻想家人看到松葉蟹時雀躍的反應。誰知，真是反高潮：老媽看到矜貴的松葉蟹，只是淡淡地拿進廚房去料理，一向愛吃日本海鮮的妹妹竟然吃不知味，老爸則聲稱沒有胃口，躲進房中。

　　洪偉沒有理會家人冷淡掃興的反應，大口大口地吮著嚼著鮮味的蟹肉，因為他很少機會可以吃此等上乘食物。結果，洪偉差不多一人包辦了四人份的松葉蟹，肚子撐著，睡得不太好。深夜，他記得自己曾在淺睡中醒過數次，當中一次，他在矇矓中聽到「嘰嘰……嘰嘰」的叫聲，覺得是街上的野生動物叫春聲，把頭埋在枕頭裡就睡了。

　　那時那刻，他仍未察覺到身邊的異變已開始了……

　　那是一個冰冷的星期六早上，夾雜著毛毛細雨的寒風透過半開的窗戶竄進洪偉的睡房，他被濕寒的季候風吹拂著，終在鬧鐘響起的前一刻被喚醒了，但仍比他平時起床的時間來得要早。梳洗過後，他哆嗦著走到飯廳，看到家人正準備吃早餐，便踱步到餐桌，意圖佔一

席位。

　　同一時間，他那台 Xperia V 顫抖起來，在桌上發出陣陣悶音，表示它並沒有出現睡死故障及它的主人有一通來電。洪偉看到陌生的電話號碼的來電，直覺早上的陌生來電都不是甚麼好東西。

　　「喂，我是洪偉。」
　　「啊，偉仔……早晨啊，我是黃伯啊，士多的那個黃伯！」

　　「黃伯早晨！找我有甚麼事？是否有東西需要幫忙？」
　　「……………其實沒甚麼大事……我是心癮發作，想找你下一下棋而已……」

　　洪偉起初先猶豫了一剎，但想到上次在決勝關頭中了黃伯的將軍抽車，到現在仍然心有不甘，於是他爽快答應了。

　　「好啊，我今天只需上半天班，下午來再決高下！」
　　「呵呵呵，老夫拭目以待……對了，偉仔，我上次忘了拿臘肉給你。你順便拿點走吧！」

「臘…臘肉！？你上次已經給我很多了，不是嗎？」

「當然不是！我雖然年邁了，但記性依然很好。上次給你的只有臘鴨、臘腸及膶腸，並沒有臘肉啊！臘肉才是主角啊！而且是古方秘製的啊！」

「你的好意我心領了！我只想來下棋而已……」洪偉本想這樣決斷回絕黃伯。但當他看到家人聽到臘肉兩字後死死盯著自己的眼神，他只好硬生生吞回這句話了。

「好…好啊，但是不用送太多臘肉給我，再說吃太多臘味不健康的，易有高膽固醇。」

洪偉認命了，只好再忍受家人吃數天臘味飯。但他亦學聰明了，他這回駕駛自己的愛駒 Honda ZX-14 上班，至少稍後不需借用公司客貨車運送臘肉，再惹來錦鯉王的埋怨。

洪偉在公司打諢了大半天。午飯時間，一股臘味香味向他撲面而來。原來錦鯉王在微波爐叮臘腸飯，香得叫他垂涎三尺。

「好香哦……」

　　「妒忌嗎？這是我的得意之作——臘腸飯，這可是用上了上等的榮華臘腸呢，古語有云：『榮華臘腸，家家讚賞，元朗自設嘅大工場，鮮曬原味靠晒個太陽，充滿陽光嘅榮華臘腸，你食落就知甘香，榮華臘腸！嗯！零舍不同⋯⋯』好了，如果你想吃的話，同事價，放下一百元任你吃！」

　　洪偉雖然嘴饞兼肚餓，但不是傻的。當然沒有理會錦鯉王的苛索。他此時只有一個想法——這才算得上做真正的臘腸，至少不會是黃伯那些叫人難以下嚥的所謂「臘腸」，他更不明白家人吃上癮的原因了。

　　洪偉正在低頭苦惱思索著，他在煩惱應該防守或是進攻好，他必需要步步為營。因為他在和黃伯下今天的最後一局棋，而且決勝時刻已近。這局棋，已下了不少於兩個小時，夜幕早已低垂了。

　　黃伯則氣定神閒，道：「呵呵，時候不早了，我現在到樓上先準備一下給你的臘肉吧。」

　　說罷，黃伯緩緩地步上士多二樓。之後，有陣細小的、詭異的怪叫聲經由狹窄的樓梯，由二樓傳回士多。

可是洪偉正在專心致志於棋盤上，忽略了它。

洪偉終於想通黃伯的謀略了，但在他想通了的同時，他放棄了。因為他已明白到自己將敗於十步之內。難怪黃伯可以如此從容不逼了……他嘆了口氣，於陰暗的燈光下，動身步向茶几取水。突然，他好像踩著了濕滑的東西，一失平衡，摔在地上，他發現地上有一灘黃油。

由於腰包內的東西散落一地，他連忙收拾。此時，黃伯已笑瞇瞇地站立於他的背後，沾滿黃油的雙手提著一袋二袋散發著不祥氣味的「臘肉」。

莫名的不協調感竄到洪偉混沌的思維中。

寒風拍打著洪偉，縱使隔著電單車頭盔及風褸，寒意也無聲無息地穿透了他的壯碩的軀體。但正因為這股刺骨的寒意，他的意識才被慢慢地喚回來。此時，他發現自己騎著愛車在馬路上奔馳著。他記得黃伯提著兩袋臘肉，之後自己的心智活動就像是被凝住了一樣，乖乖地接過它們，然後就坐上了電單車。他還記得那兩袋臘肉很沉很重……那觸感就像……就如現在背上的觸感一樣。像是背著一個人，一個不會動的人……或是一具屍

臘 肉

體……

　　他突然記起一個秘密，有一次黃伯和他一同喝醉酒時所聽到的一個秘密——

　　「其實啊……我老婆並沒有死……嗚呃……她……是去了……呃……一個地方……嗚……誰叫她日日……夜夜和我吵嘴……只好……嗚……讓她……安安靜靜地……嗚呃……我依然……愛著她……臘肉……」

　　剛才黃伯睞著眼的面容扭曲著，浮現在洪偉的腦海。他在作嘔的臨界點成功制止駭人的幻想。他開始自暴自棄：「甚麼鬼臘肉都去見鬼吧！」他停下車，一手將兩袋臘肉拋在路旁的草地上。

　　轟隆轟隆，電單車在深深的夜幕下揚長而去。

　　洪偉對臘肉徹頭徹尾地反感了。他對沾滿臘油的愛車反感，將它草草泊在街頭；他對黏黏的風褸反感，將它棄在垃圾筒中；他更對隱約傳出臘肉味的家反感，所以並沒有回家，到了離家不遠的網吧過夜。

………

......
...

「Fire in the hole.」
「C4 has been planted.」
「She's gonna Blow!」
「Booom!」
「Terrorists win.」

洪偉被鄰座射擊遊戲的噪音弄醒。

「對了，我已在這家網吧待了一整個星期天。現在已是晚上7時……回家吧。」

洪偉心想終於可以告別那些詭異的臘肉，雖然覺得十分疲累，但以輕鬆的步伐回到家門前。突然，他有股不祥的預感。洪偉一打開門，前所未有的、濃烈的臘肉味撲鼻而來。他看到家人們在餐桌前大快朵頤，吃著臘味盛宴，他頓時覺得天旋地轉，真想吐出來！可是，他隨即受到了英雄式的凱旋禮：「黃伯的臘肉真鮮味啊！全靠偉仔你昨晚不負眾望地帶了這麼多臘肉回來呢！」

「唔！真孝順！可是為甚麼無聲無息地將那兩袋臘

肉放在家門前呢？這麼珍貴的臘肉萬一被別人拾走了怎麼辦？」

「太好吃了，比甚麼松葉蟹好吃一百倍了！這臘肉超級市場有出售嗎？」

他頭昏腦脹，根本分不清誰在說話，即時奪門而出。一直跑到街角，便終於忍不住，嘔吐了起來。

不知喘氣喘了多久，他終於稍為平伏。下一刻，便開始覺得肚餓了。他本能地，踱步到附近相熟的茶餐廳吃飯。他要好好整理一下近期所發生的連串詭異事件。

高人　指點

「偉哥仔，歡迎！今晚想吃甚麼啊？咦？你臉色十分蒼白⋯⋯還好吧？」

「絕對不好了！」洪偉在心中絕叫，便道：「沒甚麼⋯⋯一如以往，一客枝竹火腩飯，再來兩支青島⋯⋯」

　　不久後，他吃著火腩飯，在苦思那兩袋不應存在於他家門口的「臘肉」。

　　他開始喃喃自語起來：「明明一早就丟了那兩袋見鬼的臘肉……而我昨晚又沒有回家……為甚麼呢？為甚麼呢！？難道，難道……」

　　「難道它有腳，是嗎？」突然有人插嘴。

　　洪偉瞪大了眼。原來是同事錦鯉王。想起來，洪偉亦常常在這裡碰見他。

　　「其實我一直都覺得事有蹊蹺，當天去清潔車廂的黃油時，我共花了三個小時及一整支藍威寶，我就知你曾載過的『東西』非同小可。

　　別看我這個樣子啊，我以前可是在車公廟混過的，『那類玩意』還有一定的『學識』……你剛才好像提過『臘肉』兩字，可否由頭說起？另外，最重要的是……你明白的……」

　　「明白了，他媽的明白了！我請客行了吧！？」
　　「爽快！好，先來一個羊腩鍋！我們來慢慢談！」

....

......

...

　　飯後，已是夜深了，洪偉決定聽取錦鯉王的建議，先回家觀察一下有沒有不尋常的狀況出現。因為錦鯉王猜測洪偉家人可能著邪了。而為甚麼偏偏只有洪偉自己沒有著邪？原因可能是他在替車公工作，給庇佑了。貪錢的錦鯉王竟然成為了自己現時可信賴的「戰友」，這是洪偉萬萬料想不到的。

　　洪偉來到家門前，打開屋門，但願一切安好。

　　一開燈，廳中空無一人，一切沒有異常，家人似乎已各自回到房中睡覺。洪偉才稍為放鬆了繃緊了的神經。他覺得自己變得有點神經質了。之後他安心地洗個澡，再撲進久違了的被窩，倒頭大睡。

　　「幸好家中沒有錦鯉王所提及的異象出現！先好好睡一覺吧……明天回公司再好好討論之後的對策……」

....

......

...

「嘰…嘰……」

「嘰嘰嘰…嘰嘰……」

「嘰嘰嘰嘰嘰嘰嘰嘰嘰嘰嘰嘰嘰嘰嘰！！！！」

不幸的洪偉被連續不斷的怪叫聲弄醒。這回他心知不妙了，膽戰心驚地步出睡房。一開燈，一見發財！

他發現家人整齊地、筆直地坐在餐桌前，各自張大嘴巴，口中發出「嘰嘰嘰嘰」似笑非笑叫人心寒的怪聲。他們雙眼血紅，眼珠在通紅的眼白上快速地上下左右擺動著。另外，他們開始以非人的速度搖擺起四肢及頭顱，他覺得眼前的「人」並不是他所熟悉的家人，而是一些詭異的、不屬於世上的「玩意」……

「著……邪……著邪了！！全都著邪了呀啊！！！！」

洪偉癱軟在地上，失聲地驚叫著，他使不出力氣。而那不祥的嘰嘰聲恍若催眠波一樣，使他的意識漸漸游離自己身軀。之後漸覺眼皮愈來愈沉，不一會便昏倒在地上了。

。臘 肉

「著邪了呀！！！」洪偉大叫一聲。由大廳的沙發上跳到地上，他突然醒過來，發現現在已是早上。同時他看到家人們已恢復「正常」的模樣，在準備吃早餐，並以詫異的眼神望著他。

「你…偉仔，你夢遊了嗎？發了惡夢吧？我們今早看見你睡在地上，就合力將你抬上沙發……」
「可能他是工作壓力太大了！」
「大哥他最近都好古怪啊……」

「你們著邪了！昨晚被鬼上身了啊！！！還在嘰嘰嘰嘰的叫……你們就是吃了那些見鬼的臘味臘肉啊！」洪偉歇斯底里地大喊。

家人反而覺得他的樣子比較像是著邪，問他是否不舒服，叫他請病假去看醫生。

洪偉心急如焚，換了套衣服就迅即趕回公司，尋求錦鯉王的協助，因為家人著邪的一事，真的被錦鯉王一語道中了。

洪偉回到公司，打開門的一刻，就如一位未經訓練的渣打馬拉松選手，拼了老命完成42公里的比賽一樣，

上氣不接下氣，看似只餘下半條命。錦鯉王看到他臉色比昨晚還要鐵青，便放下了手上的《都市日報》，從電腦椅站起身，順便伸了個懶腰，走到洪偉跟前，開口問：「偉哥，我已明白了。來，我們出去談一談吧。」

在公司附近的空地上，聽過洪偉口齒不清地憶述的異聞後，錦鯉王倚在公司的輕型客貨車側，抽了一口萬寶路，然後吐出了雲霧及回應：「果然給我猜中了，根據我的經驗，這種事是有方法可以解決的。今晚放工後在這裡等我吧……」

那一天，洪偉完全沒有工作意欲，只懷著忐忑不安的心情等待下班的一刻。

「錦鯉王！！你終於來了！快說！！有甚麼『解決』方法？我全家人可真的著邪了啊，不是鬧著玩的！」

「放心放心，你只要跟著我來就行了！」錦鯉王微笑著，並向洪偉示意叫他乘上客貨車。

不久後，客貨車已抵達了目的地──車公廟。錦鯉王找了個藉口說是公司派他們來，二人便成功溜了進去。接著，錦鯉王走到了一角隱蔽的地方，鬼祟地四處

張望。確認沒有其他外人後，便移開那看似是雜物的擺設，然後他竟揭起了地板，一個四四方方的小型地洞赫然出現了。

洪偉屏息靜氣注視著地洞內那方方正正的物體。

地洞內放的是一個棕色紙箱──一個屈臣氏蒸餾水紙皮箱。錦鯉王取出美工刀，熟練地割開了封條。洪偉雙目睜圓，猜想著箱子內的是桃木劍或如來佛像之類的鎮邪利器。紙皮箱打開，一目了然。正所謂象生小象、牛生小牛、雞生小雞，屈臣氏蒸餾水紙皮箱內裝的當然是屈臣氏蒸餾水了。

洪偉以難以置信的表情對著錦鯉王：「搞了這麼多事，就只是為了蒸餾水？從來沒有聽聞過蒸餾水可以辟邪治鬼的！」

「真心急！我甚麼都還未說呢！你還記得我跟你說為甚麼偏偏只有你沒有著邪的原因嗎？」

「你昨晚說是因為我在替車公工作，給庇佑了……」

「這批蒸餾水就是差不多的『原理』。它們一直被

放置在這裡，可說是被鼎盛的香火供奉著一樣，所以可以用來驅邪。而我選用蒸餾水的原因是因為它們成本低，就算過期了也不會影響使用者的健康。

我昨晚曾猜測你家人吃下的不是『臘』肉，而是『蠟』肉──屍蠟，即是來自一個懷著極大怨氣死去的人的屍體，而那屍體更被人用山西古法製成屍蠟。只要給你家人喝這裡的蒸餾水，吐出屍蠟及死者的怨念，他們大概會變回你原來的家人吧。」

洪偉又再被嘔吐感侵襲，原來自己一直在運屍及給家人吃下屍體。他拍了拍胸口，勉強阻止了在胃袋內試圖湧出的東西。

「即…即是說，給他們喝下蒸餾水就功德完滿嗎？」

「大概是，但還有一個大問題……剛剛你也說過我做了很多吧……」
「我又他媽的明白了！一支要多少錢啊？？」

接著錦鯉王猶如紅酒專家在地下酒窖挑選紅酒一樣，為他的「客人」選了一支貼有2011年出產的蒸餾水。

「辛卯年是個好年份。同事價，港幣$1000大元！已經是半價了，其他客人我是收$2000的。你可以拿回家用了，證明有功效才付款。不成功，不收費！」

洪偉想不到錦鯉王頗有商業道德的。最後，他只好買了一支蒸餾水，晚上回家硬著頭皮去做個蹩腳的茅山道士了。

清水　　驅邪

晚上九時，洪偉又回到家門前。他只是站在門前，除了雙拳緊握之外，並沒有任何其他行動，他覺得需要先鼓起僅餘的勇氣去面對異變中的家人。

錦鯉王曾說他家人的「異變」程度將愈來愈嚴重，而洪偉覺得這一切都是自己招惹來的。他回憶起當年會考放榜當日，亦是同樣呆滯地站在門前，不知如何面對家人。

「沒有甚麼可怕的……沒有甚麼可怕的！趁現在仍有辦法去彌補！」

　　洪偉使勁地推開家門，燈並沒有開，卻聽到嘰嘰的不祥怪叫聲，聞到了詭異的屍蠟味。一開燈，目睹家人正在「如常」地鯨吞著烏黑而隱約散發著亮澤的「蠟肉」。他們血紅的眼珠、青銅色的膚色、脹鼓鼓的肚皮極為駭人。頭及四肢都以非人類的速度抖動著，沒有「人」注意到或理會洪偉歸來。

　　洪偉早有準備，立即戴上耳塞去隔絕那會奪走人氣力及神智的嘰嘰怪叫聲。然後，他扭開了蒸餾水水樽，喝了一口，確認它只是支無味的蒸餾水後，小心翼翼走到妹妹身後。他用右手，摟著妹妹不斷搖動的頭顱，他發現老妹的力氣大得驚人，好不容易才停住了她。與此同時，洪偉將蒸餾水強灌進她的口中。接著她整個人便停住了，軟趴在桌上。不久，她的眼神恢復了澄明，二話不說就衝進廁所去嘔吐了。

　　洪偉見狀，似乎錦鯉王並沒有騙他，於是他再下一城，對老媽老爸進行以上「施救」。

　　擾攘了大半夜，家人們終於逐一回復正常。大家恢復過來後都說不出一句話，只面面相覷。因為他們都對自己著邪一事難以置信及接受，只有一臉漠然。

「這幾天的怪事就當發了一場噩夢吧。你們好好休息一下,明天再去車公廟拜祭拜祭⋯⋯現在我去處理掉餘下那堆見鬼的『臘肉』⋯⋯」

說罷,家人沒有異議,洪偉便將餘下的一袋「臘肉」運到空地,淋上汽油將它就地火化。嗆鼻的黑煙升起,當一切不祥的事物化成灰燼後,暮色將近。他回到家看到家人都在安然沉睡,終可放下心頭大石。

雖然洪偉昨晚忙了一整晚,翌日他仍精神飽滿地上班去,皆因詭異的事件已告一段落了。然而,當他回到公司,看到錦鯉王陷於恐慌的面容後,他才明白他的詭異的故事並未收尾⋯⋯

「偉哥偉哥!你回來正是時候!」

「錦鯉王!這麼早回來啊?你的蒸餾水立竿見影,十分有效呢!你可以當茅山師傅了!另外別心急,待會付款給你,兼請你吃午飯又如何⋯⋯」

「我不是在說這個啊!公司客貨車的後備車匙及貨倉門匙⋯⋯是否輪到你來看管?」

「當然在我的⋯⋯咦!?」洪偉熟練地以雙手翻了身上的腰包兩遍,仍找不到本應放在包內的那串車匙及

貨倉門匙。剎那間，一段記憶竄出，給了他絕望的一絲線索——他記得他曾在那殘舊的士多中摔了一跤，腰包的物品散落一地⋯⋯

「那⋯⋯鎖匙⋯⋯可能⋯⋯大概⋯⋯遺在黃伯的士多中⋯⋯」洪偉說出這句時發現自己嘴巴在震，體溫驟然下降了幾度。

「你說甚麼？鎖匙都在那個⋯⋯黃伯那裡？那邪門的黃伯那裡！？」
「十之八九⋯⋯」

「哈⋯哈⋯哈哈哈⋯⋯天意⋯⋯真的是天意也！我之前曾丟失了公司客貨車車匙，使客貨車被盜⋯⋯因為此等嚴重失職，本來我早已被江經理革職了。多得他網開一面，給了我最後一次機會，附帶條件是：以後無論是誰保管鎖匙也好，我也要確保鎖匙沒有丟失。

嗚呼！這就是我借車公之名斂財之報應也！天理循環，報應不爽啊！江經理明天來檢查鎖匙時，就是我被革職之日！可惡！明明我的樓宇供款只欠數年就功德完滿了⋯⋯」

　　洪偉看到錦鯉王那由懊悔、沮喪、絕望、自暴自棄
摻雜而成的面容後，於心有愧。畢竟錦鯉王曾「救」了
自己的家人，卻反而被自己牽連到事件中。於是，他只
好再度提起勇氣。

　　「錦鯉王，現在放棄還太早了！我們去士多取回鎖
匙吧！」
　　「你⋯⋯你是否瘋掉了？不用說就知那裡絕對是個
妖窟！我寧願被革職查辦亦不願入內！！人命攸關！真
虧你可以在那裡進出仍安然無恙！」

　　「這是我的責任！到時我一人進去就足夠了，你只
需在外面接應。」

　　洪偉語句未落，他的 Xperia V 智能電話又再度顫抖
起來，表示它的主人有一則留言⋯⋯

　　「嘰嘰嘰⋯⋯偉仔，是黃伯啊，士多店的那個黃
伯。對了，前些日子你在士多留下了一串鎖匙⋯⋯你
今晚來我士多來取吧。對了，順便吃個便飯吧⋯⋯嘰
嘰⋯⋯這年頭很少有你這麼關心老人的年青人了⋯⋯嘰
嘰嘰嘰。」

……是一則來自黃伯的留言。

夕陽西下，斜陽將最後的一絲餘暉慷慨贈予了車公廟入口處的兩位焦急的善信——洪偉及錦鯉王。他們終於等到了車公的下班時間，便重施故技到車公廟內拿屈人寺純蒸餾水。這是他們唯一的「救命符」。接著，客貨車穿梭了朦朧的暮色，到達了目的地——村尾的士多，兩人下了車。

「黃伯，我來了，我是洪偉，今天約好來取鎖匙的，請開門吧！」洪偉高呼了幾聲便放棄了。因為今天他已致電了無數次電話給黃伯，在電話中都只聽到一句「您所打的電話號碼未能接通」。

似乎不硬闖不行了。

車頭燈照亮了那殘殘舊舊的士多店招牌。一切的都是由這士多開始，現在彷彿重現了當天洪偉抬行李的情景，他頓覺哭笑不得。在這裡開始，就在這裡完結吧！

直闖 士多

「好！這裡就是那『士多』了吧。我可以感覺到屋內有『不得了』的玩意存在……你真的打算進去？」

「捨我其誰！現在老子甚麼鬼都不怕！」洪偉故意放聲高叫，以壯一壯膽。

「那麼就照擬定好的計劃行事：

一. 帶數支年份最久遠的蒸餾水防身。
二. 以防萬一，先用耳塞塞好耳朵，以防被怪叫聲奪去意識。
三. 一找到鎖匙就要立即撤離。
四. 一看到詭異的事物就要立即撤離。
五. 一有任何「特殊事件」發生，打999報警。
六. 如果你進去了超過半小時仍沒有任何回音或歸來，我就打999報警。
七. 我不會為你做帛金。

你現在去找入口，我在車中候命，你千萬別掛彩了

哦！」

....

......

...

　　洪偉成功進入士多中，他是由沒有上鎖的側門進去的。士多內那支老舊的光管正亮著，發出不穩定而慘白的燈光。蠟肉味彌漫於屋中，他確信黃伯在屋內。穿過了凌亂不堪及佈滿油漬的走廊，他來到之前與黃伯對弈時坐過的古舊沙發，同時發現棋盤上的棋子和當天一樣——是那將敗於十步內的殘局。接著他在桌子上找到一本類似日記的簿，看來出自黃伯筆下。洪偉對其心感好奇，便偷偷將筆記納入懷中，待「安全」才慢慢細閱。

　　他到了茶几，眾裡尋它千百度的鎖匙竟被放在茶几上，感動得於心中感謝了佛祖觀音耶穌阿拉各一次。但同時，眼角看到地板有一蓋板，他按捺不住好奇心，掀起了它。看到蓋板下方有一條細小的樓梯，看來是通往地下室的通道。但是他並沒有作進一步行動，因為有股異臭味從漆黑的地洞中傳出。可能因為戴上了耳塞，他彷彿聽到了怪叫聲，這股詭異的不協調感叫他產生了莫名的恐懼。

腦 肉

下一刹，恐懼包圍了洪偉的全身。他感覺到有異物由背後摟抱著他。那觸感沉沉的，猶如他替黃伯搬運過的行李，又猶如他背著回家的「蠟肉」般⋯⋯

洪偉渾身的神經都被突如其來的「恐懼」僵住了。光是使抖個不停的雙腳保持著站姿已差不多花光了所有力氣。他沒有往後望的勇氣，然後，他艱難地將視線往下移，至少要弄清在他腹前的物體是甚麼玩意⋯⋯

他看到在他腹前的，是兩根類似「L型」棍狀物。它們在昏暗的燈光下閃著油膩的黑色光澤。要更加具體地形容它們的話——恰似缺了雙掌的一對手⋯⋯一對被蠟化了、曾經屬於人類的手⋯⋯

腦海的一連串不祥雜訊佔領了洪偉的思緒。此時他失去了僅存的理性，禁不住使頭往後方扭⋯⋯

一見發財！！又是那類玩意！！！

他目睹自己身後有一顆長條型，啡黑色乾癟頭顱，沒有頭髮，和它的雙臂一樣有油潤的光澤。它幾乎沒有五官，「臉」上只有三顆洞，兩小一大。那兩個小洞深邃得像是會吸走人的神志的黑洞，兩個小洞下方的是一

個大洞⋯⋯不是洞！是「嘴」！因為當中有著參差不齊的啡黃色牙齒及已經蠟化了的舌頭！

　　洪偉發狂地掙扎，只想擺脫那玩意的「熱情擁抱」，不果。他急中生智，使出金蟬脫殼，從沾滿蠟油的外套中脫身，可是摔倒了於地上。他跟蹌地往前爬行了幾下，抬頭一望，終見那玩意的全貌：

　　那顆可以嚇哭彪形大漢的頭顱下方，是已經蠟化了的皮包骨身軀，連接著剛才那沒有雙掌的雙臂。軀幹下方有短小的一雙蠟臂，它為甚麼是短小的？因為它缺少了膝蓋往下的部位⋯⋯

　　洪偉意識到眼前的事物就是錦鯉王所提及的「不得了」的玩意──活屍蠟。但他並沒有心情或時間去探究它了。因為根據計劃第五項──如有任何「特殊事件發生，打 999 報警。」

　　他火速從褲袋抽出他的 Xperia V 求救。可惜，洪偉今天忘記了替它充電，亦忘了他的 Xperia V 是以耗電速度快而著稱的。它的螢光幕並沒有發光，只餘下沒有生命跡象的一片漆黑。

「Sony可真罪大滔天……」洪偉極為飲恨。他極力大喊錦鯉王的本名求救，但聲帶使不出力，現在已處於叫天不應、叫地不聞的窘局中。

一刻鐘過了，洪偉聽到眼前那不祥的事物在嚎叫，黃色的蠟油不斷由它身上滲出。像是在和應他一樣。怪叫聲穿透了耳塞、穿透了耳膜……透進他在沸騰的腦海。

「啊啊啊啊！啊！啊啊啊啊！啊啊啊啊啊啊！啊啊！」

「活屍蠟」堵住了通往側門逃生出口的通道。洪偉本著生物的逃生本能，拼命往二樓的狹小木製樓梯跑，用盡力氣關上樓梯的木門後便順著樓梯而上，洪偉終於攀登到漆黑一片的二樓。由於裝有蒸餾水、手提電筒的背包連帶外套都遺在那令人絕望的一樓士多。他只好單憑記憶，摸黑尋找二樓電燈的開關。最終給他找到了。

啪一聲，昏黃的燈光閃了數下，二樓全貌顯現於洪偉眼簾下。他興幸沒有詭異的事物於二樓出現，但來自樓梯的門外，叩門的震動，在一下一下地催促著他……

　　進入士多已經超過15分鐘，按照計劃，洪偉只需再等十餘分鐘，客貨車內的錦鯉王就會替他報警求助，可是洪偉覺得這種鬼地方多逗留一秒也嫌長。於是乎開始在幽暗的燈光下展開探索。雖說是探索，由於前一刻他才受到了那叫人難以置信的「活屍蟻」襲擊，所以他只敢膽戰心驚地緩緩前行，半步一驚心。

　　洪偉沿著狹長的走廊，來到偏廳，那裡所有窗戶都被雜物或木板封住。有一張飯桌架在廳的中央，桌上放置著雜亂不堪的餐具。這看似曾有人在這裡進餐過。而當他嗅到了那陣熟悉不過的噁心氣味後，不用想也知曾盛在桌上的是甚麼「食物」——臘肉，不，正確來說是「屍蟻」才對。

　　他轉頭就離開偏廳，與此同時，一絲希望在他的眼角出現了——是掛於牆壁的一具電話。他即時脫下右邊耳塞，電話聽筒緊貼於耳朵。電話按盤上的9字被洪偉那顫個不停的手指連續按了3次，然後是等候的嘟嘟聲……再之後，奇蹟出現了。

　　「喂你好，999報案中心。」是一把溫柔亮麗的女聲，洪偉覺得這接線生可能是聖母瑪利亞的化身也說不定。

「喂！我姓林⋯⋯這裡是⋯⋯元朗⋯⋯糟了！為甚麼我記不起這裡是哪裡來著！不過你們警方是神通廣大的，絕對可以憑來電查出我的位置！總⋯總之我現在處境極危險⋯⋯是命案，這裡有命案發生，快⋯⋯」

洪偉的話語連珠炮發，只是說到一半就被對方打斷。

「喂？你是先生或小姐？有甚麼需要警方幫忙？你那邊很嘈吵，只能聽到嘰嘰的叫聲⋯⋯喂？喂喂？」

洪偉的心涼了一大截，他的右手放軟，電話聽筒被擱於地上。他細聽了一下，的確有嘰嘰的詭異叫聲於二樓徘徊⋯⋯

洪偉即時戴回耳塞。從聽到嘰嘰的叫聲及廳中有「人」進餐過的痕跡，他推測二樓內有和他家人一樣的著邪者。突然，他的膽量壯大了！

「反正活屍殭甚麼的都已經見識過了，現在又有甚麼可怕？反正最壞的情況下錦鯉王會替我報警。」他本著此想法，前往走廊的另一端。

走廊另一端，有三間小房間，末端則是廁所及廚

房。他走到其中一間房門前，它的門半掩，似乎並沒有人在內。洪偉推開門，昏黃的燈光映入房中，赫見房中有一張大白布。白布被油滲透了，它有如被子一樣被蓋在一具躺於地上的人形物體上。而人形物體的「頭部」亦被另一塊獨立的小白布蓋住，沾滿黃色的油脂。好奇心戰勝了恐懼，洪偉想不到自己竟然敢用手掀起那塊小小的白布。

果然，又是那玩意——屍蠟。

但這具屍蠟並不會動，它的額頭貼著一張符咒，是殭屍電影中貼在殭屍頭蓋的那種。另外房中一角有一行李皮箱⋯⋯

「大吉利是！大吉利是！大吉利是！」洪偉的好奇心突然被恐懼感反勝了，便跟蹌地退出房間。他更加確信當天幫黃伯運送的是甚麼東西了。他突然憶起二樓的廁所有一門大型氣窗，好讓他有機會逃出生天。

洪偉飛奔起來，跑到廁所門前，突然有一絲不祥的感覺出現於腦中。他不爭氣地回頭一望了。

「！！」

腦肉

　　他眼睜睜地目睹那三道房門在緩慢地敞開……但重點不在此——他身旁的廚房門亦敞開了，洪偉雙眼睜得前所未有的大。

　　「媽呀！！！……嗚呀！！！！」看來洪偉看到了廚房中存在著極為恐怖的事物。他二話不說，衝進廁所，飛身躍下。

　　轟————————

　　他失去了意識。生死未卜。

　　「喂！喂喂！偉哥！醒醒啊！你還未死的，對吧!?」

　　洪偉竭力地睜開雙眼，發現自己正坐一張傳遞著微微震動的軟椅上，這裡還有幾道玻璃窗，窗外陌生的景色不停轉換著。他知道自己正坐在行駛中的客貨車上，而身旁邊控制著軚盤，一邊作出呼喊的粗獷男子是他的同事，本名叫王錦輝，由於長年照顧公司那缸作為風水擺設的錦鯉，被人戲稱為錦鯉王。

　　洪偉氣若游絲地回應：「啊……應該死不了……」之後，便感到右手使不出力，並覺疼痛不已，應該是骨

折了。繼而覺得頭痛欲裂，用左手撫摸了頭殼一下，便看到左手手掌被紅色的液體沾濕了，是血。真的是頭破血流了。

「為甚麼你要由二樓躍下？是著邪了嗎？當時真被你嚇了一跳。老子我花了不少氣力才將你抬回車子上哦！真虧你從二樓跳下來才得這點兒傷……換成是我的話……真的不敢想像。不過還好，鎖匙已經尋回了。現在先送你到醫院吧。」

洪偉並沒有即時回應錦鯉王。因為他現在頭昏腦脹，只依稀記得自己曾在士多中看到「活屍蠟」，然後逃到二樓，看到廚房中的「那玩意」，嚇得他從二樓躍下。咦？甚麼是「那玩意」？他竟然記不起，只聯想到一堆與「那玩意」相關的感覺：詭異、可怕、駭人、戰慄。然而最後，沒有發現黃伯的身影。

「我想是我著邪了……不知不覺就從二樓跳了下來……」洪偉並沒有道出他方才的異聞，因為他擔心會引起身邊在駕車中的同事不安。

沉默的氣氛在客貨車車廂內紮根。洪偉的手痛得不得了，他便試著打破一下沉默，認為這樣可以分散一下

注意力。

「錦鯉王，你剛才有沒有聽到屋內有怪聲傳出？」

「怪聲？除了狗吠聲外我並沒有聽到任何怪聲。你聽到怪聲，就證明你在屋內曾著邪了，連外套及貴重的蒸餾水亦遺在屋內呢。而那位黃伯你沒有看到他吧？恐怕他是凶多吉少的了。」

「那……為甚麼我會著邪？我不是已戴上耳塞嗎？另外車公不是在保佑著我嗎？」

「哈，那些玩意……黃伯是否知道你的全名……」
「黃伯是知道我的全叫林洪偉……」

「先說一下關於黃伯，我猜測他已早死於士多內了，他死後絕對有可能和那些玩意同化了。而你的全名被那些玩意知道了……老一輩的人不是常說在深夜裡不要大喊別人的全名嗎？這就是你著邪的所謂『原因』。」

「甚麼？黃伯死了？他今早打來的電話豈不是……」
「可以當作是黃伯在作祟，或出於『好意』吧。等等，你不是打算現在才報警吧？你的外套及背包都遺留

在士多中，如果警察真的在士多中發現屍蠟的話，你是逃不掉的。」

「我不打算報警，亦報不了警，因為⋯⋯腦海中有關士多地址的記憶像是被抹掉了⋯⋯錦鯉王，相信你也是同樣吧⋯⋯」

「⋯⋯哎呀，現在不要說這些有的沒的了！既然鎖匙已找到，這件事就告一段落好嗎？今個星期六一於邀其他同事去BBQ，忘掉所有令人不快的詭異事物！不過⋯⋯」

「不過甚麼，又要我請客麼？」
「不對！原來這車油量已經見底了，如果借公司車子外出而沒添滿油回公司的話，一定給江經理責備的。我要去一去相熟的加油站，之後才去醫院。」

「相熟的加油站？」
「偷偷的告訴你，我知道有家賣未完稅汽車的地下加油站⋯⋯可以替我們省下可觀的油費的哦，嘻嘻！」

錦鯉王說罷，客貨車便駛往了另一個方向。洪偉覺得那裡有點眼熟，好像前些日子曾到過到附近。突然，

他摸了一下褲袋，有本筆記簿藏於袋中。他記起這是他從士多中偷走的筆記，記有黃伯回憶的筆記……有違天理的方法……最後結果更令自己遭受到臘肉的詛咒……真是可悲的結局。

秘密　日記

　　洪偉翻開了筆記簿，找到有折痕的一頁，然後專注地細閱它所記載的事。

二月十六日
　　今天驗身報告終於有結果了，是第四期肺癌。
　　醫生說痊癒機會不高，而且療程費用十分高昂。
　　人生七十古來稀。
　　我認我已活夠了，已作好心理準備了，唯一放心不下的是阿珍。
　　五十年前結婚時我答應過她，我絕對不會比她早死，教她傷心的。
　　對不起，看來我是辦不到的了。

三月十六日

　　叫阿偉的年輕人又來幫忙了，真是個熱心的小伙子。

　　還是不要告訴他我有絕症好，免得他費心。

　　對了，他十分熱衷於中國象棋，就陪他玩玩吧。

四月十六日

　　最近常和阿珍吵架，她終於發現了我患上肺癌。

　　她堅持要售出士多來換成現金，用作支付療程費用。

　　我堅決反對，因為我是垂死之人，根本不需浪費金
錢於老夫身上。

　　加上錢花光之後她要如何生活？

　　其實最重要的一點是，這士多是我們一起經營了半
個世紀的心血結晶。

　　這五十多年間我們在這裏經歷了不知多少風雨……
它是我們曾活著的證明。

　　我是絕對不會售出士多的！

五月十六日

　　和阿珍吵得不可開交，和她吵完後，我一時嚥不下
氣返回大陸老家去。

　　反正自己已時日無多，順道去和親戚們道個別。

臘肉

六月十六日

奇蹟啊！奇蹟啊！我們有救了！

回大陸時剛巧遇到同鄉勝哥，他亦同樣受到癌症煎熬，而且病情比我還要嚴重。但是，很不可思議，他竟然仍可以生蹦活跳，氣息極佳。

其後在我的鍥而不捨的追問後，他終於將一切娓娓道來——

他吃了秘製的「蠟肉」！不是「臘肉」。

據稱「蠟肉」的由來是製蠟者將一些身份不能曝光的死刑犯的屍體用山西古法秘製成屍蠟。吃了能強身健體。而死刑犯死前的思念愈強，怨氣越重；它的功效就愈大。可是可能是思念太強的關係，有些人會變成「活屍蠟」。要砍去它的四肢以防它活動。另外還要用符咒封印它們。

不理會是狗肉或人肉！只要能救阿珍及士多！什麼我也敢吃下肚！！

六月廿三日

吃了一星期蠟肉，它比我想像中有效，甚至覺得自己氣力大了兩倍；而且蠟肉相當滋味，直教人吃上癮，呵呵！

現在還未到慶賀的時候，因為已一個月以上沒有聯絡阿珍了。愛操心的她想必十分擔心我吧！好，一於明早回港，帶個好消息給她！當然，不可忘了帶蠟肉！現在去叫勝哥幫我準備特製的行李皮箱吧！

六月廿五日
天啊天啊天啊天啊天啊天啊天啊天啊天啊天啊天啊天啊天啊天啊！！！！！
老天爺真愛作弄人啊！！！！！
阿珍她…她竟然在士多中自縊！！上吊死去了！！！

她只遺下一封遺書，竟然說她死了的話我就不必再為她將來生活擔心，可以放心用錢去治病！！而且這樣可使我能兌現當年「不比她早死而令她傷心」的承諾！！

可是妳知不知道世上沒有了你的話，一切事物，甚至是我的性命都是毫無意義的啊！！！

這是我的錯，一切都是我鑄成的錯！！
不行，一定，一定要找辦法去彌補！！
對了對了對了！還有蠟肉……

六月廿七日

　　我實在不捨得阿珍離開我……我有一個瘋狂的想法
　　——將她製成活屍蠟！
　　這樣她就可以一直，一直地陪伴著我了！

　　我要回大陸找勝哥。
　　不過在此之前，先要採購一些防腐劑……然後將她
　　放在地窖。

七月四日

　　我實在是太衝動了。我實在是太衝動了。

　　昨晚去找勝哥問他製作屍蠟的方法，並將因由告訴
　　了他。
　　起初他勸籲我不要將自殺死者製成屍蠟。
　　因為一個不小心就會煉出長舌的「吊死鬼」或「亡
　　者」。
　　我並不清楚那是什麼玩意，亦顧不了這麼多，繼續
　　游說他。
　　最終，勝哥態度軟化了，說出了方法。
　　更說製作時間最少要花上四十九個晝夜。

　　其後談著說著，他竟狂妄地要求我將阿珍製成屍蠟

後，要分一部分給他品嚐以作回報！！

這傢伙真大膽，真大膽！

我按捺不住怒氣，心智猶如消失了，回過神來的時候竟發現勝哥被我活活打死了。

我的力氣果然增大了，可以打死人。

望著躺臥地上身首異處的勝哥。我只有一個想法——他活該的，是活該的，是他媽活該的！

對了，就用他的屍體及他教我的方法來作個「實驗」，製作屍蠟吧！一石二鳥，將軍抽車！

嘰嘰。

八月

材料準備好，開始將勝哥製成屍蠟。

九月

開始於地窖將阿珍製成屍蠟。

十月

勝哥只剩下骨頭……拿去餵野狗吧。免得牠們老在

屋外吠。
是時侯去找新的……

十二月
蠟肉，好食……

二月
這個新年真收穫豐富，載滿了三大箱行李。
送點給偉仔吃吧……對了，説起來他身型還頗健碩
的……

嘰……

二月
偉仔來了，便送了兩袋蠟肉給他。
但我知道他丟掉了……知道他丟掉了！
真的暴殄天物！
算罷，那兩袋蠟肉就當是贈予其他路過的有緣吧！

於是，我送了另一些上乘蠟肉給他家人。他們定必
感激我！

二月

　　最近我發現吃蠟肉的最佳方法——生吃。
　　弄醒活屍蠟，然後用刀將其蠟肉一片一片地切下來
　　生吃！！
　　就如日本人吃刺身一樣！此食法極為鮮味！
　　不好了，一想起蠟肉就垂涎三尺了，失態失態……
　　嘰嘰，嘻。

二月

　　用刀吃太拘謹了……今天直接用口咬……嘰嘰嘰
　　嘰。

二月

　　明晚就是阿珍回來我身邊的大日子了！真想有人可
　　以和我起見證奇蹟的一刻！對了，一於邀請偉仔來
　　吧！我之前騙他阿珍去了別的地方。希望他會原諒
　　我。

　　對了，到時要告訴他上次那盤棋的唯一獲勝方
　　法……哈哈哈，很簡單，就是將整盤棋燒掉就行
　　了。

　　哈哈哈哈。

二月

　　天啊天啊天啊天啊天啊天啊天啊天啊天啊天啊天啊
　　天啊天啊天啊天啊天啊天啊天啊天啊天啊天啊天啊
　　天啊天啊天啊天啊天啊天啊天啊天啊天啊天啊天啊
　　天啊！！！！！

　　不好了！阿珍……阿珍她成不了活屍蠟……竟然成
　　為了「亡者」！
　　果真的給勝哥説中了！這是最壞的結果！我不該殺
　　了他的！！

　　阿珍現在待在廚房，我不敢去找她……實在太可怕
　　了……
　　寫完這篇後我還是躲進地窖中去比較好。

　　等等，仔細看一下，我發現自己開始有點蠟化的跡
　　像了……
　　看來相當鮮味……只嚐一口，應該沒問題吧……

　　不好了！實在太美味了……嘰嘰……
　　不好了……！嘰嘰……停不下來……
　　…嘰……

　　那充滿油漬，散發著詭異蠟肉味的一頁就是筆記簿中記載著詭異事物的最後一頁。它喚醒洪偉，他才發覺自己剛才完全投入了筆記簿中的世界。他仿似覺得自己化身為黃伯。體驗了黃伯人生的最後一段路。他失去一直陪伴自己、至愛的妻子，為了留住她更不惜用上有違天理的方法……最後結果更令自己遭受到蠟肉的詛咒……真是可悲的結局。

　　兩行熱淚由洪偉的面頰徐徐流下，淚水蘊含了他複雜而說不清的情感，有恐懼、後悔、惋惜、驚訝、憐憫，及最後的欣喜。他雖然同情黃伯，卻慶幸事件終可拉上帷幕，便決定將這個這事件的所謂真相埋藏在自己心裡。

　　正當洪偉的好奇心得到滿足，沉醉於一睹事件真相的快感中時。客貨車的尾廂蓋被打開，震動使他覺得有貨物被抬進車內。隨後錦鯉王拖著滿意的表情重回駕駛座。

　　「怎麼了？男人大丈夫在哭什麼？你回憶起著邪時的情境而被嚇哭了嗎？哈哈哈！真有你的偉哥！」
　　「不行嗎？男人哭吧不是罪！劉華都有這一首經典金曲了！你的油加滿了嗎？你好像還帶了什麼東西上

車……」

「當然是汽油了，今天不知明天會如何，當然要趁低吸納了。」

錦鯉王隨即啓動引擎，洪偉於倒後鏡中看到錦鯉王佈滿紅筋的眼睛後，覺得並不甚愉快。

「你昨晚失眠嗎？」

「當然了！為鎖匙的事擔心了一整晚！現在載你去醫院了，我順便看一看眼科醫生比較好。」

洪偉由於右手骨折，請了一個星期病假於家中休養。這幾天他待在家中，每當看到家人們都回復到以往風平浪靜的日常生活時，他都心感欣慰。老爸依舊是個平凡的上班族，為口奔馳；老妹依舊日夜繼夜、夜以繼日地溫習，預備高考；而老媽依舊熱愛鑽研廚藝，每天為家人送上可口的美食（當然不是臘味）。當然，他們已再沒有在三更半夜聚在一起，發出詭異兼不祥的怪叫。只是，洪偉每晚安然入睡前，都會有一絲與事件有關的枝節縈繞在他腦海一陣子。

「到底所謂『亡者』……是什麼？印象中我是由於目睹『亡者』，而驚嚇過度，奪窗而出的。但到底是什

麼原因，令我一直都記不起那是什麼玩意呢？根據黃伯的筆記簿所記載，『亡者』是阿珍……她最後好像成不了屍蠟……而錦鯉王說我當時只是著邪而已……我真的是著邪了嗎？還是這一切駭人的經歷都只不過是我的幻覺？」

每當洪偉思索到這裡，他都抵擋不了睡魔的誘惑，沉沉睡去了。他卻不知道，冥冥中他那惹麻煩事的好奇心已將「亡者」——那事件的最後一道謎題下了戰書。

星期日晚，洪偉應邀參加了公司同事為他舉行的復職 BBQ 晚會。同事們爭相追問他受傷的原因。他並沒有說出真相，只是撒謊說駕駛電單車時出了意外。一來因為他認為同事們不會相信他近來與蠟肉有關的怪力亂神事件；二來他怎可說出曾動用公司客貨車來運送屍蠟呢？

洪偉之後環顧了燒烤場一週，覺得好像缺了一些東西……

苦命 同事

「是錦鯉王！他曾提議當事件完結後就舉行BBQ大會來慶祝的，但人呢？」

資深員工Mary姐察覺到洪偉在四處打聽錦鯉王的消息時，即時湧到洪偉面前，急不及待地說明：「錦鯉王？好一條錦鯉王啊！他本來的行為就已經異於常人，近來更是神經兮兮的！嘿嘿嘿！他是著邪了麼？枉他平常那麼迷信，也自身難保。另外他好像請了長假，又不像是去旅行。真麻煩，這段期間我要代他餵錦鯉了，錦鯉是很難照料的，最近又死一尾了，可能是魚缸或飼料出問題，引致有油污出現，如果牠們繼續死下去的話，江經理又會……」

好不容易才擺脫掉Mary姐的喋喋不休，洪偉突然靜了，停了下來，活像個蠟像，他沒有發覺自己手持的燒烤叉刺著的豬扒已經燒焦了。

「說起來……錦鯉王推測過我著邪的原因是被那些不祥的玩意知道了我的本名……我記得……當天我在士

多中⋯⋯我的Xperia V沒電了⋯⋯唯有極力大喊錦鯉王的本名求救⋯⋯我⋯⋯可能又闖下大禍了⋯⋯」

洪偉的意識回歸了殘酷的現實世界，同事們都在叫他，他才發覺自己在烤的豬扒已經被燒焦了，泛起油膩的黑色光澤，滴著一滴又一滴的焦油，恍如曾經使他驚心動魄的蠟肉。

他慌得連忙拋下燒烤叉，抬頭遙望高掛半空的滿月，覺得它圓得有如錦鯉王當晚通紅的眼珠。

「明天下班後⋯⋯還是去看一看錦鯉王比較好⋯⋯」

翌日早上，洪偉一踏進公司大門，看到同事圍在錦鯉魚缸旁看熱鬧。他走近人堆去看個究竟。洪偉看見魚缸蓋打開，缸內的錦鯉肚腹朝天，浮於混濁的死水內，全數斃命了。

「我說過這與我無關的！我只是按照錦鯉王平常的方法去打理牠們而已！牠們死了可能是因為生了傳染病、是公司風水不佳、是鷹鷹當上了特首、日本洩漏輻射⋯⋯更可能是天氣反常⋯⋯總之一切與我無關！再說我的工作不包括養錦鯉的！」

　　Mary姐正在江經理的面前使出渾身解數去推卸那缸錦鯉死掉的責任。同事都擺出了一副看戲般的姿態。只有洪偉，他的面容抽搐著。凝視著已死的錦鯉的圓睜睜的魚眼，他聯想起最後一次見錦鯉王時他那雙圓圓的血紅色眼睛。

　　「糟了，如果錦鯉王死了的話，一切都會是我的責任。我認得那裡，當晚的地下加油站附近的路旁，正是早些日子我丟棄蠟肉的地方！！錦鯉王恐怕是因為被點名而著邪了，之後拾起了那堆蠟肉！不去找他不行了。」

　　那之後，洪偉幾乎沒有工作的心情，一有空便致電給錦鯉王。可惜每通電話都落空，他只好不安地等待下班的一刻。六時正，他箭步到達公司客貨車停車場，打算到車公廟取餘下的屈臣氏蒸餾水。可惜事與願達，這回門衛起疑心了，說要跟隨洪偉到廟內。

　　要是讓門衛發現廟內給人掘了個地洞的話，相信自己亦逃不掉牢獄災的，洪偉最終垂頭喪氣地離開車公廟。情況突然急轉直下，教他氣餒。突然，他靈光乍現，才記起當天救了他一家人的一公升裝蒸餾水還餘下三分之一，留在家中以備「不時之需」。

　　站於錦鯉王屋門前，洪偉已吸取了之前接觸怪誕事物的經驗，他做好了萬全準備——耳朵，戴上MP3耳機，MP3機無間地播放佛經、耶教金曲，以防被怪叫聲洗腦。

　　手，持有高壓玩具水槍，槍內注有蒸餾水，萬一錦鯉王真的著邪，可以於遠距離將蒸餾水灌進錦鯉王嘴裡。

　　Xperia V 智能電話，已接駁 10000mAH 的外置充電電池，克服了它的最大弱點，必要時可用來呼救。

　　按了門鈴，呼叫了錦鯉王數次，等候了很久，都沒有人應門。洪偉做好心理準備，拉了下屋門，發現它並沒有關上。於是他戰戰兢兢地拉開了門。他覺得未免太順利了吧……

　　屋內沒有亮燈，似沒有人在。但是洪偉聞到那叫人噁心的蠟肉味後，他深信錦鯉王一定在屋內。門邊的電燈開關亦沒有反應，他以電話的 LED 燈及門外走廊微弱的燈光作照明，於屋內探索。

　　他走到蠟肉味最為濃烈的廚房，那裡沒有人。煤氣

爐正亮起青藍色的火焰，烹煮著一鍋不停散發令人作嘔氣味的臘肉。

洪偉關掉煤氣爐後打算回頭去其他房間，而他的MP3正開始播放《Amazing Grace》——

Amazing Grace, how sweet the sound...
That saved a wretch like me...
I once was lost but now am found...
Was blind, but now I see...

But now I see.......

洪偉一回頭，非同少可！黑暗中一雙駭人的血紅眼睛浮現於咫尺之間，未幾，洪偉的脖頸便被一對孔武有力的手緊緊揑著，他連驚呼聲也來不及喊出來。本能地，他放棄了手上的水槍，用雙手去對抗有意奪去自己性命的怪手。怪手的力量實在太大了，洪偉實在無力招架，根本不能再吸入一口空氣。快要窒息了，回憶如走馬燈般浮現，可悲的他才驚覺眼前的「人」正是自己的同事錦鯉王。

在他意識幾近消失之時，他發抖的手探進褲袋中，

吃力地取出一樣東西，竟然是他的錢包。之後他將錢包內的鈔票一併挖出，拍打到那紅眼怪物同事的臉上，鈔票如溪錢般紛紛散落四周。

奇蹟出現了，正在掐住洪偉的一雙手逐漸放鬆，頸上的壓迫感漸漸退去，他終於可以呼吸了。而錦鯉王同時亦蹲在地上，忙著撿一地的鈔票。洪偉當然不放過這難得的機會，他的眼睛已習慣了昏暗的環境，便粗暴地拆卸下水槍的儲水罐，對準錦鯉王張開成O型的嘴，乾淨利落地插進去。

「嘻碌嘻碌」錦鯉王似乎喝下了蒸餾水。他僵住數秒後，就在地上痛苦地打滾數圈。最後吐出一大坨不明物。洪偉終於安心下來，卸下耳機。

「我……到底是怎麼了？」

「你……根據你的説法是著邪了。對不起，可能是我害你著邪的。不過相信現在已雨過天晴。」

錦鯉王聽過洪偉的道歉後沉默了一會，之後才回應説：「原來這就是著邪的體驗……哈哈…哈哈……我竟有如斯的一日。其實當晚去加油站時已稍稍感覺有股異樣感了。我竟無意識地拾走那堆蠟肉，之後好像有股力量在逼我吃下蠟肉。

　　每當我想求救之際，我的意識便會游離，回過神來已不知是多久後了。當時我認為唯一可以做的事就是卸去門鎖，待你或其他人來打救。我說過，我遭逢臘肉之劫是歛財之報應。如今你救了我一命，我們就成了兄弟之交！我將所有蒸餾水都送給你以作答謝！」

　　處理掉錦鯉王那盤臘肉鍋後，洪偉與錦鯉王到了那家相熟的茶餐廳，洪偉把日記簿上的一切都告知了錦鯉王。

　　錦鯉王一一聽過洪偉為家人驅邪的經過及黃伯那日記簿中所發生的怪誕事件，當他聽到有關「亡者」的事後，頓感到不妙，以凝重的表情說了一句：「偉哥仔，事情可能仍未完結……我們仍有一樣事情要做……」

　　「你說甚麼？如今你及我的家人已經解咒了，而所有臘肉都被處理掉了。始作俑者黃伯都已死於非命，我真的不明白還有甚麼事未解決！」洪偉急促地追問，顯得略有些慌張。

　　「我問你，你記得你是如何為家人解咒的呢？」
　　「當然是灌他們喝蒸餾水了，不對嗎！？」
　　「不是全對，你可曾記得之後有做過甚麼事情？」

「之後……我將餘下的蠟肉都焚毀了。這和蠟肉的詛咒有甚麼關係？」

殘 局

「呀哈！關係可大了！喝蒸餾水只可驅一時之邪，將吃下肚的亡者怨氣鎮壓住，此為治標。而燒掉所有不吉利的蠟肉，以及將所有被製成屍蠟之亡者超度，才是治本破邪的方法！

你剛才不是提到黃伯的日記簿嗎？他曾想告訴你破解殘局的唯一獲勝方法——『將整盤棋燒掉就行！』沒錯，他所言甚是！你一開始去拿黃伯的蠟肉，那你已注定逃不了，陷進了蠟肉這盤殘局中。

他最後約你去他家，並留下這本日記簿給你，相信這是他作為『人』，最後的良心。他是想你可以破解這不祥的殘局，救救鑄成大錯的他及他死不安寧的妻子！」

洪偉終於明白錦鯉王的一番話了。他盤起雙手，瞌

起眼垂頭沈思。良久，他終於吐出了一句：「即是說你及我的家人仍未脫離蠟肉的詛咒吧……那麼唯一方法就是燒……」

「燒掉士多！」

兩人面露出苦笑後，便吃下眼前的枝竹火腩飯。

之後，他們決定當晚動身去士多縱火，燒掉一切不祥的事物。兩人登上公司客貨車時，洪偉終於按捺不住好奇心。

「錦鯉王，你認為所謂『亡者』是甚麼？」

「『亡者』是甚麼？其實我也不是太清楚，以前從師父口中聽過一次，只知是極之不祥的詭異事物……詳細是甚麼？你待會可以再看一次……或者，嘗試 Google 一下……」

轟隆轟隆，客貨車於瀝瀝雨夜中前行。

之後，客貨車到達了那地下加油站，洪偉買下了二桶未完稅汽油，這是作為燒毀士多的不可或缺的工具。但問題來了，洪偉和當時一樣記不起士多的地址，苦無

頭緒。此時，錦鯉王意氣風發地拿出了他的陳年羅庚，不一會，錦鯉王說他由五鬼凶位中找到了士多方向，便叫洪偉試著駛往那方向。

漸漸地，狗吠聲愈來愈大，士多的輪廓逐漸浮於二人眼前。客貨車車頭燈又再一次照亮了那殘殘舊舊的士多招牌。洪偉下車了，這回他將搬到士多內的不是滿載蠟肉的行李，而是可打破一切連鎖的汽油。

由於當時滂沱大雨，在士多外淋汽油是燒不掉士多的。他們只好每人手持一桶汽油，勇闖士多。

洪偉及錦鯉王由側門進去，它依舊沒有上鎖。內裡一片漆黑，異臭比之前更為強烈。洪偉以電話的LED燈作照明。可幸四周似乎並沒有異樣東西出現。隨後，兩桶汽油於士多中央傾倒而出。洪偉點燃了打火機，把它拋向汽油。

「再見了……然後，安息吧，黃伯！」

火舌一下子招搖地吞噬士多內的所有，並發出陣陣噁心的肉焦味。士多被熊熊烈火照亮，二人開始由側門逃出……

臘 肉

突然，錦鯉王的臉色由紅轉青，不，簡直是面如死灰。他以彎曲的食指指向側門的上方，洪偉望向那方向，那是⋯⋯

那正是「亡者」，不成人形的它正黏在側門的天花，嚇得二人全身乏力！前無去路後有火海，沒有選擇的餘地，洪偉拉著錦鯉王的手打開了木門，奔向二樓。他想起二樓廁所的逃生氣窗，只要通過了二樓走廊就會到廁所了，但洪偉眼見走廊的房間的門都敞開了，深怕還有那類玩意在等候他們。洪偉顧不了這麼多，照樣拉著錦鯉王向廁所奔去。

突然，洪偉覺得拉不動著錦鯉王了，他回頭一看，發現錦鯉王痛苦表情，像是有甚麼東西想拖錦鯉王進房。

「有⋯⋯有甚麼拉住了我的腳了！師父救我啊！嗚呀！」

洪偉即時往錦鯉王腳後的異物一蹬，傳來骨頭破碎的震動，錦鯉王便重獲自由了。

終於到了逃生氣窗，洪偉又一次鼓起勇氣，拉著錦

鯉王由二樓躍下。可能是下了雨的關係，泥地的泥濘作了緩衝的效果，使洪偉沒受大傷。遺憾的是錦鯉王，他面容扭曲地按著左腳，似乎是骨折了，洪偉便拖著他往客貨車逃去。

回到客貨車時，洪偉抬頭看了一眼士多，火光熊熊，傳來陣陣焦肉味。而二樓窗邊，「亡者」帶著猙獰的面孔佇立著……

洪偉將油門一踩到底，不祥的事物從此消失於彼方。

那雨夜過後，洪偉及錦鯉王，一切一切都回復到正常不過的日常中，蠟肉事件如並沒有發生一樣。最後，唯一令洪偉在意的一件事是，當晚的士多火災，並沒有被報導出來。不過，好奇心可以害死貓，他並沒有對此作出深究。因為，他的榮華臘腸飯已經炮製好了……

阿興終於說完他的蠟肉故事，而我下單的臘腸飯已在不知不覺間盛到了我的餐桌前。凝視了它一會後，我舉起了手——「伙計，麻煩你，可以將臘腸改為司華力腸嗎？」

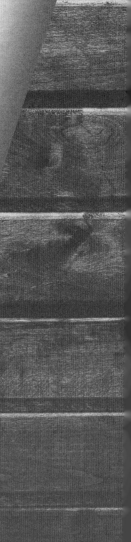

肆

詭異日常事件

我有一位朋友叫阿興，又有一位朋友叫阿強。

十二月二十四日晚上我們三名壯漢以行動來抵制名義上是紀念耶穌降生，實為情侶們大放M84軍用野外閃光彈、一眾商家藉一個已死去千餘年的偉人誕辰作藉口發死人財、資本主義下的情慾聖誕節。

我們選擇了一個離經叛道的方式來迎接平安夜。當時買了Pizza、媽咪麵、啤酒及汽水，便坐在杳無人煙的通州街公園足球場的觀眾席上。現場只有一對情侶及我們三人。這環境下富饒氣氛，召開平安夜詭異故事大賽就最好不過了。

這是繼上次的「臘肉」故事後，我們再一次坐在一起說鬼故。為了鼓勵大家說出有質素的故事而不濫竽充數，作為懲罰，說得最差的人要去跟那對情侶說一聲：「呵呵呵，Merry Christmas，分手吧！」故此，大家都嚴陣以待。

我是先發選手，不容有失，便開始以活見鬼般的表情七情上面地說出當晚第一個故事：電影。

「鈴鈴鈴鈴⋯⋯」

一個悶熱的八月午後，持續不斷的鬧鐘響聲將Kenny由抽象的夢境中帶回了現實世界。他按了鬧鐘一下，睡眼惺忪地坐在床上回憶剛才夢境中的情節。由於今天晚上他不需到便利店打工，而他更想到自己作為大學二年級學生，現在正在放人生中最後一個暑假，所以一下子便懶散起來，繼續回味方才的夢境。

「一切都如蒙著薄紗，好像有一個人在一道打開了的門後等著，我正逐步走向他。這個夢有點像之前看過的前衛派電影呢⋯⋯」

Kenny想起電影二字，不禁精神百倍了。原因並非他是個熱衷於電影的電影系大學生，而是一件他設法想逃避的事——他的同學兼好友家希，於一星期前無故失蹤了。

對於家希事前毫無先兆的失蹤，Kenny在這數天內差點搔破頭皮亦搔不出半個原因，只有如白雪般的頭屑在紛飛。不過這也難怪他的，就算是警方亦無半點破案的頭緒。他凝視著已經沉默了的鬧鐘，它身上的秒針帶動分針，分針又帶動時針，在無情地轉動著，告知他昔日的好友可能已離他愈來愈遠。同時，他是時候到「片場」和組員會晤，形式地看看家希有沒有遺下一些有關

他失蹤之謎的蛛絲馬跡，然而Kenny直覺這次的會議將是徒然的。

　　悶熱的八月往往會突然召來狂風大雨。由於Kenny出門時天空萬里無雲，所以他沒有帶備雨具。他到達「片場」時全身上下差不多沒有一個部位是乾的，狼狽不堪。稍稍扭掉恤衫上的雨水，他之後便用鎖匙扭動「片場」的門鎖。

　　所謂「片場」，其實是以家希為首，包括Kenny在內的一組電影系學生所合租的小型住宅單位。他們一組人會在那廳中研究及討論與電影有關的學術議題，有時更會在這裡舉行電影鑑賞會。

　　Kenny一推開門，即時受到在廳中盤腿而坐的同組同學——胖子健強咄咄逼人的「招呼」。

　　「喂！Kenny，果然你又遲到了啊！今次又要以去做兼職而作為遲到理由嗎!?」

　　「不…不是的……因為雨下得太大了，交通擠塞得很。」

　　「但是你老是遲到是個事實！有哪次趕做Project時

你是不遲到的？」

「……」縱使自己現在深深不忿，但經常遲到的確是事實。Kenny找不到抗辯的理由，只好合攏上嘴，默默啓動座地式風扇，試圖吹乾一身濕透的衣服。

風扇在左右搖擺著，如在對著Kenny嘆息。Kenny望著風扇發呆，又再一次於心中確認對健強為人的評價：健強徹頭徹尾是個難相處的傢伙——首先是每次拍攝時，他都幾乎搶著擔任攝影師位置，拍出來的東西質素卻強差人意，而小組功課時更只會選開場及結尾部分。此外他為人一向自我中心，只有滿口偉論且口不擇言。更重要的一點是，他自覺自己的地位比別人高，經常喚使別人為他代勞。Kenny就經常被他當跑腿使來喚去，而今天他所召開的所謂會議亦不例外。

失蹤 之謎

突然，健強的手提電話高調地響起，他趾高氣揚地接起電話來。通話完結，他卻對Kenny擺出一副臭臉：

「佩珊説有點事要處理，所以要晚一點來。沒辦法了，雖然現在只有我們兩個……開始吧，我已經等得不耐煩了！Kenny，你再説一次家希失蹤前有沒有出現過任何異樣的徵兆？」

「沒有，一切如常……我們近期見面都是在玩電玩，例如在這裡用家希帶來的投影機玩《Winning Eleven 6》、《Silent Hill 2》。九日前最後一次和他見面時，我們正一起主攻《Silent Hill 2》的第三個結局——主角James最終決定於《Silent Hill》自殺，從而可以永遠陪伴著已故的愛妻。之後家希感動不而，大讚遊戲氣氛營造和心理暗示一流。還説如果《Silent Hill》系列可以改編成電影就好了。」

「我不是叫你説出前天你在警局錄下的口供及你們玩了甚麼電玩啊……你認真點行嗎？」

「那就沒有了啊……他的確是正常得不能再正常了。家希是我由孩提時代便已結識的老朋友，他為人爽朗正直外向，絕不是隨便失蹤教朋友擔心的人！所以我擔心他不是『主動』失蹤的，而是有可能因一些外來的、不可控制的事情而失蹤。最壞的情況是被綁架了……」

「綁架？你以為我沒有考慮過家希被綁架的可能性嗎？我的意思是希望你可以以家希老朋友的身份來提供一些有用的線索啊！你沒有的話就隨便找個地方納涼去吧。哈，反正一早已不對你寄予厚望。」

「夠了！你這只說不做的混帳傢伙，根本一直在找碴！反正我說甚麼你都會反駁得一乾二淨！算了，我再到黑房找一下看有沒有線索！不要再煩我好嗎？」

Kenny本想如此對胖子健強爆發一下怨氣，但他性格本來就沉默內斂，可沒有這個膽量。最後只敢輕聲地拋下一句：「對不起，我去黑房看一下。」便走向片場中的「黑房」。

「黑房」是片場中的唯一一間房間，所有的窗戶都拉上百葉簾，是間零採光度的黑暗房間，而這裡就是用來沖印電影底片及製片的地方。雖然人類已踏入千禧年，但世上仍有為數不少的懷舊狂熱者，例如家希一向鍾愛流行於在70年代的超八米厘電影便是個好例子。房間裡已存有數十卷家希所拍攝的超八米厘「熟片」（即已拍攝好的超八米厘菲林）。

Kenny在昏暗的黑房中探索與家希有關的事物：電

腦、筆記、菲林卷、參考書……均沒有絲毫線索。搜索行動結束，但他並沒有第一時間到廳中向健強匯報，他寧願對著一動不動的菲林，亦不願聽取健強的冷言冷語。於是便開始對放置於儲物箱中的超八米厘菲林發呆。

「家希到底是去了哪兒？他是不是即興地一個人去了旅行？即興行事是他的風格……可是警察說他沒有出境紀錄……旅行……他家境富裕，如果真的去了旅行的話，他定必去法國旅行…旅行……外國……自小大家都說他有點像外國人……他身材高大，五官端正，輪廓鮮明……性格方面求知慾強及正直外向……恰好和我相反的性格，而我一直以他為學習目標……我選電影系的原因亦是如此……電影……前些日子我們仍在拍電影……他自編自導的一齣實驗電影……咦？電影……？」

「叮噹……叮噹……」

突如其來的一串門鈴由玄關傳到黑房中，繼而竄進Kenny耳窩，活活地打斷了他的思考。他步出黑房，便看到一名蓄著清爽黑色短髮的嬌小女孩踏進片場玄關。為她開門的是故作殷勤的胖子，還順帶從嘴裡吐出甜得膩人的說話：「珊珊妳終於來了，太好了！在等待妳的期間我一直都在沉思有關家希的事情。對於他的失蹤請

不要太擔憂。作為同組組員我深信我可以為妳分憂的。話說回來看不出妳今天有化妝呢，因為你的臉龐和往日同樣清純，極具天然美，有如一氣呵成的 Long Shot 般完美……」

　　Kenny真想作嘔！因為他認為健強毫不臉紅心跳地說出這種話，分明是有意染指佩珊。佩珊是同組成員兼家希現任女朋友，如今家希失蹤才數天而已……他竟然乘人之危，實在太無恥了！於是Kenny立下了小小的決心：守護佩珊直到好友家希回來為止。

　　佩珊對健強阿諛奉承的說話報以強顏微笑作回應，及後向呆立於房門前的 Kenny 打了個招呼，最後無精打彩地坐在家希慣常坐的位置上。Kenny看到她今天一臉不得釋懷的樣子，和平常活潑好動多言的她像是變了個人似的，臆測她是否掌握事件的內情。

　　三人靜默地坐於平日談論功課的長形木桌前，像是各懷心思，卻又說不出口，似乎窗外的瀝瀝雨聲及轟然的雷鳴在替他們傾訴出內心的不安。健強把握了機會，主動打破了沉默。他認為自己已成為了小組內的新領導人。

　　「大家想必對家希的失蹤心感不安及憂慮。由大學

生涯以來，他一直是我們組的核心人物。小組功課能有A-grade也是歸功於他這個電影狂。對我而言，他教了我很多。例如拍攝手法、鏡頭的運用等；對珊珊而言他是值得信賴的重要伙伴；對Kenny而言，他是莫逆之交。

但是…但是我竟然不知道他突然失蹤的原因。明明前數天在片場這裡他還以《月光光心慌慌》為引子來教我如何有效地運用大仰角鏡頭來營造氣氛。我苦無頭緒，只是認為他有可能被人綁架了。珊珊，先不用太擔心，猜測而已。不知道妳有沒有任何頭緒呢？」

實驗　電影

Kenny壓根就沒有留心於健強那有如悼念文般缺乏新意的說辭，反而十分留意佩珊將要說的話，因為佩珊一向細心謹慎，甚少犯下忘了帶片場鎖匙這種錯誤。現在，她可能是察覺了某些驚異的內情而神不守舍。

「其實……我最後一次看見家希是八天前……同樣是在片場。他知道我是個恐怖電影迷，並錯過了《恐怖熱線之大頭怪嬰》這部電影，所以買了VCD約了我來

看。看完後他便送了我回家。他當時的言行舉動與平常絕無任何異樣⋯⋯直到近一兩天我才注意到他當時不經意地說了一句令人有點在意的話⋯⋯但我不知是不是與他失蹤有關⋯⋯」

「是甚麼？」眾人在屏息靜氣。
「他說：『我們之前拍那數卷超八米厘電影原片⋯⋯它們不能用了⋯⋯還是放棄吧⋯⋯』，明明是他提議拍一部超八米厘實驗電影的，但不知為何他竟主動放棄了。對了，你們有看過那些原片嗎？」

「我沒有看過。」
「我也沒有，不是都由家希來保管麼？」

「實驗電影⋯⋯」聽見這個名詞後Kenny腦海閃過一連串相關訊息：7月底時家希提議以復古手法來拍攝一齣黑白的獨立電影，又稱作為實驗電影。標題叫《Paradise For Nobody》——它是仿傚以觀察者角度表現生命產生出人類文明，當中的盛衰為世界帶來改變的象徵主義電影，所以片中並沒有出現任何人物。

電影分成四個環節，每個環節均三分鐘：
環節一是以失焦的鏡頭拍攝海浪拍打礁石的場景，

象徵大海是生命之源，代表出生。

環節二是手持攝影機於林中小道中奔跑，畫面晃動不已，象徵生命的野性及進化，富有生命力。

環節三是攝於晚上的中環，運用仰角鏡頭拍攝迄立於中環的摩天大廈。繼而360度旋轉攝影機，象徵生命已生出文明，而文明的急速發展所帶來的暈眩感可由迴轉的畫面所帶出。

環節四是攝於一間位於新界，庭園入口有「愉園」兩字的廢屋。通過拍攝屋內頹恒敗瓦的佈置，象徵文明終歸衰落 ，代表死亡。

當時大家都只是出於遊山玩水或打發時間的心態來拍攝，只有家希一人在認真行事，所以該片可以說是他一人自編自導自拍的。話說起來，除了家希外都沒有人看過這些原片。

「那麼我們試看一下那些母片，說不定可能有意外收穫！」佩珊稍稍回復了生氣。

「本人同意珊珊的提議！珊珊和我去黑房找《Paradise For Nobody》母片。而 Kenny，你去叫個外賣吧！差不多是晚餐時間了。下 Order 到抵富快餐店，是上次家希推薦的那一間抵富喔。我要一個粟米肉粒飯及枝竹火腩飯，配凍檸檬茶多甜去冰⋯⋯另外珊珊你有甚麼想吃的？」

Kenny 心不甘情不願地執行健強命令，之後加入到搜尋母片行列。不久後他們終找出了母片，但是卻有兩個奇怪的地方：一是片盒的標籤上都被打上了交叉，二是只找到當中的三片，缺少了環節四的母片。

「叮噹叮噹叮噹叮噹！」

門鈴急促地響起來了，Kenny 可悲的奴隸心理即時作出反應，第一時間去應門。打開門，是送外賣來的小哥，看他一頭金髮濕答答，證明雨勢依然頗大。

急送 外賣

「外賣到了！盛惠 $110 元。」
「好的，這裡 $120 元。」

送外賣的小哥找贖過後便飛快地逃掉了，沒錯，是逃掉。Kenny於心中浮現了些許異樣的感覺：小哥的樣子有點失魂落魄，而且他為甚麼要如此急促地按門鈴？當Kenny開門時，他帶著惶恐的表情向片場內張望了一下，聲線上更有些許抖震。還有，他找回來的錢不是$10元而是$20元紙幣。

「可能是趕時間吧……滂沱大雨下仍要送外賣真是辛苦了他。有機會的話下次還回$10給他吧。不過他看來頗有演恐怖片的天分呢……他可以考慮轉行了……」

Kenny邊喃喃自語邊將外賣端上長形木桌上。與此同時，佩珊與健強已準備好投影機，將要放映只有3/4的《Paradise For Nobody》母片。

片場的燈光只作有限度供應，《Paradise For Nobody》的第一幕投射於白色的牆身上。三位觀眾邊吃著飯，邊開始觀看電影。片中除了出現海浪不斷拍打礁石的場景便甚麼也沒有。

「大家等等！你們有沒有看到有一個人影？」佩珊突然提出疑問時，剎那間就衝到銀幕前，用食指指著畫面上的一塊礁石。果然，在曚曨的畫面上，確實有一個

人形的黑影一動不動地站立於石上。

　　接著他們開始播放第二卷帶。晃動不已的畫面中只出現了當天他們看過的林木景色。沒任何值得考究的地方。當影帶結束前一刻，佩珊又聲稱看到一團黑影於樹上出現，但這次只有她一人目睹而已。

　　第三卷帶開始不久了，健強雀躍地站了起身，急不及待地説：「你們看！天空上好像有一顆白色氣球在飄浮！看到嗎？這麼一來所有片段幾乎都拍到了異物。難怪家希説原片不能用了。」

　　最後他們三人得出了一個結論，就是《Paradise For Nobody》這部電影應該和家希的失蹤並沒關係。不知不覺已經是晚上八時多了，既然再在片場待下去亦不會有助事情發展，一行人決定今天的討論會就此解散。

　　歸途上，Kenny 擔心好色的健強會對佩珊作出非分之想，本來打算送佩珊回家。但當他摸了一下自己的褲袋後，他明白自己當不成護花使者了⋯⋯因為他的新手提電話 Nokia 3310 遺留於片場中了。

　　Kenny 只好一人折返片場。其後，他終於於沙發上尋

回了它，當他打算再度離開之際，他發現沙發旁的牆角隱蔽處，有他借給家希的《Silent Hill 2》碟盒，於是伸手去抓。他右手一抓，竟找到了意想不到的收穫──一個公文袋。出於好奇，他打開了它，發現了大家也找不到的最後一卷《Paradise For Nobody》母片！

　　他本想獨自將它看一遍的，但當他看到Kenny盒上寫的字不是「#4」而是「#5」時，他想起了當天於荒屋中拍攝的經歷，不知何故送外賣小哥那惶恐的神情又掠過他的腦海……他呆了一會後不禁鬆開了手。打有交叉記號的「#5」超八米厘電影原片應聲倒地。他記起《Paradise For Nobody》的母片不只有四片，事實上還有第五片的……而那第五片，本應是已丟掉了的，沒可能存在於片場……

　　「有時……有些東西可能現今科學未有能力去解釋……明天找大家來從長計議比較好……」他對自己暗忖了這麼一句，就急步離開了片場。

　　不知是否因睡眠不足而出現的幻覺，Kenny在升降機門關上前的一刻，好像看到有一團人形黑影站立於遠處的防煙門 ，有點像之前在影片中看過的黑影……

第五 ⬤ 母片

　　翌日下午，Kenny 於便利店下班後，站在片場樓下大門等待其他組員的到來。由於他對昨夜發生的詭譎事情心存畏懼，已不敢獨自逗留於片場中。隨後昨天的兩位組員都相繼到達，浩浩蕩蕩地回到片場。他們都不相信那「#5」母片真的是在片場中被發現。直至他們開始播放影帶……

　　3分鐘轉眼就過去。錄像的畫面只不過在拍著幾株小樹苗而已，沒甚麼特別。各人都似是鬆了一口氣，開始回憶起當天在荒屋中拍攝的經過。

　　「記得當天我和家希是最早到達的人，Kenny 又是遲到，害珊珊去做接送工作。你到達的時候，我們差不多完成拍攝了！」

　　「我當時迷路了，是身不由己的！」
　　「不要再怪責 Kenny 了，我也差點迷路了呢！其實我對那間空屋仍然十分在意，畢竟當時我只是陪你們在庭園繞了一圈，沒有膽量進去。健強可否説一説你和家

希在屋內拍攝的情況及屋內有甚麼？可能和家希的失蹤有間接關係。」

健強張大鼻孔噴了兩下氣，自豪地憶述：「那只是間丟空了的廢屋而已，沒任何特別的地方。當時我們於一樓走了一次，沒有任何特別的地方，便登上了二樓。二樓有一條很長的走廊貫穿了整層，沿走廊的房間中都有破爛了的家具，看似年份久遠。

啊！不得不提的是，走廊盡頭有一間大空房，依房內佈置看來似是主人房，它有大床、梳妝鏡、衣櫃等等家具，而房內竟然還有『神主牌』喔！家希提我不要理會它，但我認為這樣打擾『別人』的家並不太好，於是點燃一枝薄荷味萬寶路，放在『神主牌』旁當作是賠罪。」

「你這胖子這樣做會遭受報應的！」Kenny心中咒罵。

「最終我們……不，是家希……他執意沿走廊邊走邊拍攝，直至走到大空房為止。我是沒有意見的，反正一切是他主導。這樣我就拍好了第四段了。最後第五段片是在庭園拍那些小樹苗。家希說這段是象徵『生命的循環』。但不知何故被他丟掉了，現在又出現了。說不

定他根本沒有丟掉它！」

　　Kenny終於忍不住插嘴，臉色不太好：「你們記不記得庭園那口枯井？」

　　佩珊終於由聽眾轉為講者：「當然記得！那井口被一塊大石板蓋著。大家拍攝完覺得時間尚早，無聊起來竟移走了它。我當時站在一邊，看到Kenny你和健強合力搬開了石板，井中突然像是有『嗚』一聲傳出，家希即時拿出有夜間拍攝功能的防水數碼攝影機往下拍攝。他更雀躍地說如果拍到類似貞子的玩意就好了，之後竟然用繩將攝影機吊下井中！幸好最後甚麼也拍不到！」

　　Kenny的臉色愈來愈差，道：「其實……家希的失蹤……會不會和一些超自然的事物有關？我不是想嚇大家，昨晚我經過片場外的梯間時好像看到了一團人形黑影……正好和第一段片那站在礁石上的黑影有點像……我們是否在荒屋拍攝電影而招惹到一些詭異事物了？」

　　然後整個片場靜了下來，隱約聽到雨滴拍打窗框的噠噠聲。

　　「噫……不會吧！？」

「原來你説這麼多就是想説有鬼？別開玩笑好了！又不見我失蹤！？教授沒有教你凡事都要經過大腦的邏輯分析嗎！？我認為家希的失蹤最大原因是可能被人綁架了！因為……」

健強的邏輯分析仍未及分析完的時侯，一件怪事於片場發生了。

超八米厘電影播映機竟然再度運作，但機內的原片早已被取出，不明的影像被投影出來，眾人均目瞪口呆。

自動　播放

在一條佈滿林木的荒野小徑上，有一個人正向著鏡頭逃跑……那人……是家希！

「Kenny你不小心碰到播映機嗎！？這是什……」

他正是失蹤了的家希！他的面容明顯因驚恐而扭曲，端正的五官無時無刻在抽搐著。他拚了命地向鏡頭的方面狂奔，但他與鏡頭的距離幾乎沒有拉近，而且眼睛未曾與鏡頭對上，沒有發現鏡頭的存在。他不時急促

地望向身後，這種情景下，他似是在被甚麼恐怖的東西追趕著。

「不！我…我絕對沒有！是它自己動了！」

跑了一段距離，家希終於停止了奔跑，連帶畫面的景物停住了。他開始在喘息。突然，他生硬地將脖子扭往身後……似乎有一人形物體在那裡出現了……

「找人去關了它！」

鏡頭的焦距開始拉遠至那物體……那應該可以說得上是「人」，因為他穿著一件白袍，白袍下有手有腳。但亦說不上是「人」，因為它很高…很高……高得只有下半身可被攝進鏡頭內……它的手很長…很長……長得拖在地上……

「不行，關不掉！而且並沒有原片在裡面！」

接著可以看得出目睹那詭異事物的家希因受驚過度而跌倒地上，無力地爬行著。淚水、鼻涕、口水流遍了他俊俏的臉龐。然後那人形異物的幼長雙腿一步、一步地踏向家希……它與他之間的距離不斷收窄……

「這是甚麼玩笑！？」

最後家希的脖子被那玩意掐著，被它強行地拖回了跑過來的方向，家希伸著手求救的痛苦的表情與那人形異物一起消失於遠方……播映機回復到靜止狀態。一切回復正常，家希剛才有如恐怖片主角般演出的電影像沒有發生過似的……

怪誕事件過後，各人均作出不同的反應。

「剛才……大家都看到了嗎…這是甚麼？」佩珊露出一副難以置信的表情。

「果…果…果然我們是招惹到…到那些詭異事物了……嗚呀！家希凶多吉少了呀！！」Kenny的臉上重現了片中家希驚恐的表情。

「啊！這就是所謂的『神蹟』！感謝神給予迷途的羔羊指引！」健強閉上雙眼雙手作祈禱狀，誠心地禱告著。

「什…甚麼…甚麼見鬼的神蹟呀！？我們活見鬼了啊！難道你看不見家希成為了恐怖片的主角嗎！片中

那玩意絕絕絕對不是人來的！！我…我一早覺得事情不太妙了！昨天經過天后廟時，在門口掃地的那個婆婆還對我說氣息不太好，印堂發黑啊！！不行！我要退出調查！佩珊……我要保護妳！妳也和我退出調查吧！一切交給警察就行了！反正…反正我們的所謂調查只是在玩家家酒而已啊！」

Kenny 很詫異自己可以一口氣說出自己心中所有想法，可能是被真摯的恐懼感推了一把。

「我不容許你褻瀆上主！剛才我開始推論家希被人綁架的時候，耶和華就顯祂的神力，借助電影片段來重現家希被人綁走的過程！我相信綁匪在裝神弄鬼而已！現在家希被人綁走的地方明顯就是《Paradise For No-body》環節二的林中，亦即愉園廢屋附近。家希可能是察覺到自己將「#5」和「#4」原片弄混了，在獨自回去那裡取回「#4」原片時，不幸被人綁走了！真的要感謝主給了我們這麼多的線索啊！珊珊，不用理會那個發抖得快要漏尿的膽小鬼，我們來一起尋回家希吧！」

「你這混帳胖子不要再自以為是！」Kenny 終於忍不住怒氣，以一記直拳重重地揮中了健強的肚臍。

「懦夫你竟敢打我！？」健強以一記重腳還擊，擊中了Kenny的胸口，Kenny應力摔倒於地上。兩人遂扭打起來，可謂「打成一片」了。

「你們清醒點不要再打了！現在不是打架的時候啊！！」佩珊大叫，想制止兩人的互毆。Kenny看到她激動得快要哭出來的神情及雙眸，對自己作出了粗野行為深感愧疚，收起了手。而健強則認為自己多打了對方一拳，以勝利者的心態放開Kenny。

「我明白大家都對家希的神秘失蹤很關注……我和你們也是一樣的！而且剛才更出現了和他失蹤之謎有關的『線索』，卻詭異得令人難以置信……大家可能都需要一點時間來冷靜一下……不如我們先回去好好冷靜思考下吧……」

由於眾人都身心俱疲，同意先行解散。

Kenny目送佩珊及健強往地鐵站離去。他回憶起剛才健強稱他為懦夫，心想：「不知在佩珊眼中，我是不是個膽小懦夫呢？」

他心有不甘，於是他沒有直接返回家中，而是去了

一個可能和家希失蹤之謎及今天出現的詭異事件有關的地方進行調查。

　　雨夜點綴下的舊街道顯得比往日更為蒼茫。Kenny的腳步停住於一間充滿歲月痕跡的茶餐廳門前，它已褪色的招牌上標示著「抵富快餐店」五個大字。

　　Kenny隨便坐下後，掃視了全餐廳一週。店內客人不多，店員都閒得站於一角閒聊。Kenny望見一個染著金黃色頭髮的伙計，一眼就認出他就是之前送外賣的那位金髮小哥。確認好目標，便向他示意要下單。

　　「你好，要點些甚麼？」

　　「餐蛋飯及阿華田……還有……你認不認得我？昨晚你送外賣上來時，找多了我$10元，還神色慌張地逃了……難道你看到了甚麼嗎？」

　　金髮伙計雙目圓睜，圓張的嘴一時吐不出話來。沉默了片刻。

　　「我…我不知道，真的不知道……那些不吉利的東西我全然沒看過！」之後飛快地離開Kenny的桌子。

Kenny 暗喜，可能找到了一絲曙光了。

往後他坐於餐廳，在等，一直在等金髮伙計下班。直到凌晨十二點，金髮伙計穿回便服，急步離去。一早已結帳的 Kenny 把握機會，急步追在他的身後。

街上，雨已經停了，但仍隱約聽到雷聲隆隆作響。Kenny 一下抓住金髮伙計的手臂，他的行為及勇氣已超出了日常的界限了。

「大哥求求你！人命關天！我一位朋友大約十天前失蹤了……他之前喜愛吃你們餐廳的外賣的，所以你之前是否送過外賣給他？是否看過一些不吉利的東西？不瞞你了，其實我今天亦在那裡看到了……」

聽到這裡，金髮伙計的面容似是放鬆了，似乎是想說出一些異聞。

「呼……原來你也看到……那麼你會相信我將要說的恐怖的經歷了……但我只會說一次而已，一次！聽好了！」

外賣  奇遇

「約十天前的晚上，我收到由你那單位發出的外賣訂單，之後便出發送外賣。我到達後，有個和你差不多年紀的男人應門。他大概是你所提及的朋友吧。他常常向我們下單的，而且長得有點像外國人，所以我對他頗有印象。

但是那次和以往不同，而且，那亦是我最後一次見到他。當時他開門後，就說錢包不知拋在哪裡，要先找一找。然後我站在門外等他。出於無聊，我窺視了室內一眼。

我看到電視像是在播放黑白電影。突然，一間房的門後，像是有一個穿白衣的人在站著。他長得很高，因為高得上半身都被門框擋住了⋯⋯但是，最詭異的地方是，那個站於房門後的人，垂著一條類似舌頭的物體⋯⋯在搖晃著⋯⋯我不禁打了個寒顫！

我在想這是在開玩笑來嚇人的對吧⋯⋯於是我呼喊了你朋友，問房門後的人是不是在裝神弄鬼嚇人⋯⋯但是，你朋友竟然對我說這裡只有他一人而已，不要嚇

他！並說他看不到門後有人！！

　　但是，我一直都看到那人的啊！！！然後，你朋友走向房間的門前，再強調除了他之外一個人也沒有。再之後……該死的！如果我不是那麼固執就好！

　　我竟然進入屋內試圖弄清那『高人』的真面目。當我踏近時，他……不，是它，它彎下了身，於門後露出了與長長的舌頭相連的乾癟頭顱！我發誓這輩子從未見過如此恐怖的事物！我腦袋一片空白，甚麼也沒想，拔腿就逃……

　　從後樓梯逃回餐廳！事後我對同事說出這段奇幻經歷……反而被他們嘲諷我又濫用藥物而看到幻覺，明明我已戒掉了它一段時間……他媽的可惡！」

　　Kenny渾身的血液涼了一大截，他好不容易地，使力地擠出一句：「那…那麼……你昨天送外賣來的時候……有沒有目睹那具東西在場？」

　　「那倒沒有……但我仍然驚魂未定！不是老闆派我上來的話，我絕不再去那個單位的了……兄弟，時候不早，而我可以說的都說完了……最後，提醒你一句，

是某個術士贈我的——『不要去對這種怪誕事物尋根究底，不幸遇上時要盡快忘了它，否則，它將一直一直寄活於你的腦袋中作祟……』我先走了，你好自為之吧。」

　　目送著急步離開的金毛小哥的背影，Kenny一時思緒紊亂，作不出任何有用的思考。他可以做的，就是呆呆地望著金毛小哥投影於地上的影子漸行漸遠，漸漸拉長……

　　他無意識猜想著：「金毛小哥這麼高嗎？他剛才的影子好像沒有這麼長……」

　　翌日的下午，剛從便利店下班回家中的Kenny突然收到了一通電話。

　　「喂？」
　　「喂，Kenny，我是佩珊。是這樣的……我剛剛收到一件東西，它有可能是關係到家希失蹤的東西……待會可否到片場一起討論？至於健強方面我會聯絡他……」

　　對於是否再次前往片場，Kenny心中極為矛盾。一方面希望家希失蹤的事件有新的進展，另一方面，他又回想起金毛小哥的詭譎經歷。

「哦⋯⋯是誰寄給你的？你收到的又是甚麼？」他支吾以對。

「我也不知道是誰給我的呢⋯⋯剛才不斷有人在叩門，當我去開門看個究竟時，發現空無一人⋯⋯而地上殘留著一卷超八米厘電影菲林⋯⋯它上面寫有『#4』及有交叉記號⋯⋯我懷疑它就是已丟失了的《Paradise For Nobody》第四段⋯⋯整件事都太可疑了，所以我想再度聚集大家一起找尋背後的真相⋯⋯」

聽到「真相」這一個他曾經渴望得到，但現今已對其心存畏懼的名詞，Kenny 的冷汗已沾濕了貼於臉上 Nokia 3310。更何況第四段電影母片竟然唐突地出現於佩珊家門前，絕對又是那詭異事物在作祟了！想到這裡，Kenny 毅然決定帶佩珊他們去會一會金毛小哥，好阻止他們追尋真相時愈陷愈深。

「好！我會和你們去片場，但是有一個條件，就是先在抵富快餐店集合。那裡有一個重要的參考人⋯⋯」

雖然只是下午五點，但黑沉沉的雷雨雲帶令夜幕提早降臨。Kenny 一行人早已坐在抵富快餐內，苦候著金髮小哥。

「喂！我們的時間是很寶貴的！我只會再等十五分鐘！」健強又再發出嘮叨。Kenny亦禁不住去問其他的伙計了，因為他希望在入夜前了結這件事。

「不好意思⋯⋯我們有點事想找你們一位染金色頭髮、身形矮小瘦削的同事談談。請問他今天會上班嗎？如果沒有，請問有沒有可以聯絡上他的途徑呢？」

一位中年伙計聽到後，隨即以有點為難而帶著一點輕蔑的語氣回應：「哦⋯⋯你說的人應該是阿輝。他本應是今天下午上班的，但現在已是下午五點了，連影子也沒有半個，哈！失蹤了呢！老闆今天已經打了數次電話給他了，但亦找不到他！真是的！害大家的工作量增加了！他不會是毒癮發作，又走上回頭路了吧⋯⋯難得老闆給了他機會⋯⋯言歸正傳，你們可以放棄了，不介意的話請明天再來光顧我們，看他回來了沒有吧，哈哈哈！」

「片場⋯⋯詭異的電影片段⋯⋯昨晚金髮小哥阿輝的長影子⋯⋯失蹤⋯⋯」

Kenny下意識地將這堆關鍵詞串聯起來，便得出了一個使他魂飛魄散的結論——只要牽涉到《Paradise For

Nobody》母片的人都會神秘地失蹤⋯⋯而失蹤前的先兆就是⋯⋯影子會猶如被那具人形異物附上了一樣，被拉得長長的⋯⋯

　　Kenny 即時俯視自己及各人的影子有沒有被拉長，不幸中的大幸是都並沒有異樣。他鬆了一口氣，可是面上的血色仍未恢復過來。接下來，他將他從由阿輝口中聽來的可怕經歷及所有推論全數告知在座不知情的組員，試圖阻止他們繼續調查家希的失蹤之謎。

　　可惜事與願達，他真誠的話語並不被組員按納。

　　「我昨晚稱你為懦夫可能是一時氣憤上心頭，我向你道歉。但請問可否不要再庸人自擾？根本沒有證據去支持你的說法。就算真的有不潔的邪靈在作惡，全能及全善的主自會替我們驅除它們。另外家希是你的好友啊！你是不是應該熱心點參與呢？你不參加就算，反正有我與珊珊這些真正關心家希的人就足夠！」

　　「Kenny⋯⋯對不起⋯⋯我不是不願意去相信你⋯⋯但是⋯⋯但是我真的很想找出家希的行蹤！你知不知道自他失蹤後我每天都如活於地獄中⋯⋯時刻都想著他的事⋯⋯嗚⋯嗚嗚⋯⋯」

Kenny 敗了，但他並非敗於健強的挑釁下，而是佩珊的眼淚攻勢。素來女人的眼淚就是最大的武器。他放心不下她，唯有自暴自棄地跟眾人回去片場看《Paradise For Nobody》的第四段母片。

Kenny 戰戰兢兢地尾隨著眾人回到片場中，渾身不自在。眾人再度仔細檢查了寫有「#4」及有交叉記號的超八米厘電影菲林，確認了它無疑是《Paradise For Nobody》的第四段。

「嘿哈，根據我的推理，家希被犯人綁架時可能帶著這影帶，現今犯人特意將影帶交還給我們，相信是對我們發出『家希在我手上』的宣言！現在先播來看一下再度確認一下片中內容吧。」

「但既然是這麼重要的證據，是不是先要交給警方呢？」

「珊珊，我不認為那些只有中五會考畢業程度的稅金小偷能有甚麼作為，我們是以腦筋敏捷著稱的精英，邏輯推理方面可不會輸給他們吧！所以現在先看一遍再交給他們亦未遲唷！」

「我…我堅決反對播放這片影帶！我不…不是說過家希及那金毛小哥的失蹤是和這不吉利的《Paradise For Nobody》母片有關嗎？如果我們真的看了的話後果真的會不堪設想啊！」Kenny在哀求道。

「噗！你以為這是《午夜凶鈴》嗎？現在還流行這一套嗎？如果真的有貞子出現的話我還真的想見識見識，看看香港版本的貞子小姐是誰扮出來的！哈哈！哈哈！啊哈哈哈哈！好了，玩笑已開過，你這道具組快點去黑房抬超八米厘電影播映機出來！」

提起黑房，話說回來Kenny自今天踏進片場那刻開始都不敢去瞟它一眼，因為他極度害怕會目睹金毛小哥所提及的那具人形異物。他無視了健強的指令，只一動不動地垂著頭，鉗口結舌，雙拳緊握，背向黑房而坐。焦慮、疑懼、憂憤、惶恐、矛盾等情緒在蠶食著他的理智。他很想拔腿就跑，但又不能置佩珊不顧。

「Kenny你沒事嗎……」
「哼……珊珊不用理他，他不做就由我們來做吧！」

不消一會，健強及佩珊已將播映機及器材搬出廳中。然後，影片開始播放。

「咦？奇怪了⋯⋯為甚麼是在播海浪？這不是《Paradise For Nobody》的第一段來的嗎？」

「我來看看⋯⋯噢！對不起，是我換錯影帶了⋯⋯因為是太暗了！我竟然犯下這種低級錯誤！願主赦免我的過錯！」

就在健強關上播映機的前一刻，Kenny 看到畫面上的那塊礁石，那本應只站著一道人形黑影的礁石，現在竟有兩道人形黑影於石上了！

「喂！等等！你們有沒有看到礁石上的⋯⋯」
「夠了，不要抓著別人的小過錯不放！好了，換回『#4』菲林⋯⋯」

健強沒有將 Kenny 的話放於心內，逕自將「#4」菲林換上播映機。

「⋯⋯」
「⋯⋯」
「⋯⋯」

第三　⬤　角度

目睹了屏幕上的畫面時，在場所有人都靜了起來⋯⋯

屏幕上，出現了兩個人的背影，一肥一瘦。他們背向鏡頭，沿著一條長長的走廊前進。當中一人手持著一台手提式超八米厘攝影機，小心翼翼地前行，似乎在拍攝著。然後他們進入了走廊盡頭的一間大空房。那胖子的背包不小心碰倒了梳妝枱上的一塊「神主牌」。然後他邊笑著邊點燃了一枝香煙，吸吮了一口後便將它放於「神主牌」的旁邊。

鏡頭一轉，那兩人的背影下了樓梯，遇上了一男一女的背影。他們似是在交談。一會後就走到了屋旁的庭園。一行人用手上的攝影機拍了拍一些植物後，似是又在談了一會。之後，他們走到一口井旁，當中的一名男子和一名胖子一起合力搬開了蓋於井上的石板。

突然，另一名男子從背包中取出了另一部攝影機，往井下方拍攝。其後，他用繩索繫於攝影機上，將它吊

了下井內，後來又收起了攝影機。最後，那四人一起離開了⋯⋯

不！不是最後！放映仍未完結⋯⋯鏡頭仍死死地定焦於那被打開蓋的井口⋯⋯

雨，開始傾盆地降下，井，洶湧地吐出井水。

然後，畫面晃了數下後便停頓了下來。

看到自己成為了電影中的一個角色時，Kenny怕得快要魂飛魄散了，想盡快拔腿狂奔。奈何他剛剛在茶餐廳中吸收了太多水份，以致膀胱的水位已達臨界水平。他又不敢獨自上廁所，所以在強忍著。

他只好晃數下頭以分散精神，期間他看到其餘兩人都看這詭異的影片看得目瞪口呆了。另外黑房門後好像有些甚麼東西⋯⋯

「⋯⋯！！！！」

如果一個人穿著鞋，那麼鞋就自然會貼著地板。但是Kenny看到的是，有一雙幼長的腳穿著黑色的布鞋⋯⋯

而且……它們是離地的，在燈光幽暗的門後緩慢地晃動著。還有一條長長的鮮紅色舌頭在垂了下來……同樣在左右晃動……如鐘擺……

「嗚呀呀呀呀啊！！果然出現了啊！！」驚呼者的褲襠顏色變深了。

Kenny 以抖得比柏金遜症患病者還要抖得利害的手拍向房門的方向。眾人先驚訝地望向六神無主的Kenny，再轉頭望向Kenny看著的方向。

「嘩！沒事在大叫甚麼！被你嚇一跳了！甚麼出現了呀？有老鼠嗎？」

此時 Kenny 剛才看到的異物已消失得無影無蹤。

「請相信我！我真的……真的看到黑房中有甚麼東西！是金毛小哥曾經看過的東西！我們……收手吧！」

「真怕了你，我進去看看……」健強罕有地回應Kenny的意見，便獨自走進黑房。

「喂？健強！有…有沒有甚麼東西在房內？喂？回應一下……」

　　健強並沒有回應，片場中沉寂了片刻只聽到窗外如花灑般的雨水聲。佩珊站起來，打算到房中打聽一下，卻被Kenny冷得嚇人的手拉著。

　　突然，健強的身影現身於門前，溫柔地笑了一下道：「哈哈哈，果然甚麼也沒有呢！要Kenny你失望對不起了喔！」

　　Kenny毛管直豎，認為這樣的健強更令人覺得可怕。

　　影片已完結了，眾人將燈打開，然後討論剛才的電影片段，唯獨Kenny依然在一旁膽戰心驚地在發抖。先開始發言的是充滿自信的健強。

　　「各位，看過剛才那條影片後，真相已經呼之欲出了！犯人是……抵富快餐店的金髮小哥！」

　　「什…甚麼？」

　　「首先，根據Kenny的說法，他應該是最後接觸到家希的人！而他亦有到過片場來，相信是在伺機而動。此外他更向膽小的Kenny談神弄鬼，好讓我們有先入為主的觀念，認為家希的失蹤和邪靈有關！而我們看到的

這些所謂的詭異電影片段只是他在裝神弄鬼的手法。

例如方才我們看到的那『#4』片段，有可能是他知道家希會去愉園空屋拍攝而偷偷地跟上去，乘機跟蹤並偷拍我們！難怪當時在空屋中感覺到有人在窺視著我！最後要說動機，方才其他伙計說他以前是個癮君子，故此他極有可能因毒癮發作，需要金錢購買毒品，綁走家希以求一段時間後，事件平息時再勒索贖金！而收藏肉參的最佳地方，有可能就是那愉園空屋！」

「他為甚麼要做這麼多奇怪的事情去綁走一個人？」
「我們找到他及家希後再問他也不遲！事不宜遲，我們明天就動身去空屋調查一下！」

Kenny 認為健強的所謂推理是荒謬絕倫的。他比較似是找一個藉口去空屋而已。想不到，佩珊竟同意一起去那空屋。她的確是只要看到一點渺茫希望也不會放棄的人⋯⋯

Kenny 站在了人生交叉點上了，他鼓起勇氣，先到廁所中冷靜一下，並處理已經濕透了的褲襠⋯⋯

清水潑向了 Kenny 繃緊的臉頰，沖走了些許混沌的

思緒。他凝視著鏡中與自己對立的倒影，心中的理性與感性在進行爭鬥。理性認為他絕對不可再陷進這詭異事件中，而且就算自己再摻一腳亦不可能找到家希。感性卻覺得要去保護家希的女友佩珊，這是他唯一可以為好友做的事。

「家希……如果是你……你會怎樣選擇呢？」Kenny暗中嘀咕了一句後，就返回廳中繼續提心吊膽地等待會議解散。

當晚回家路上，各人在十字路口解散。望了望佩珊的背影，Kenny的理性最終敵不過感性。決定以豁出去的心態去陪伴佩珊前往愉園空屋。「健強失蹤的話倒是沒甚麼所謂，但我決不能讓佩珊隨他一起失蹤的！不然實在愧對家希了！」想到健強，Kenny望了一望正在衝紅燈的健強。

「咦！？健強的影子好像漸漸變長了……」Kenny由衷希望他看到的只是幻覺，那時他才察覺到原來自己不怎希望健強失蹤的……

翌日早上，Kenny依然對健強的長影子及到愉園空屋一事感到惴惴不安。突然，他想起了之前路過，位於海

壇街的天后廟。因為那裡有一個古怪的婆婆曾對他說他印堂發黑，於是即時前往天后廟拜訪。可惜，他愣愣地站在天后廟苦等了兩小時仍不見那老人的身影。正當他想放棄之際，他的肩膀被拍了一下。

「小伙子⋯⋯你在等甚麼嗎？看你氣息不太好，印堂發黑⋯⋯」那老人無聲無息地出現於Kenny身後，他冷不防地被嚇了一跳。

「對、對對！最近我和朋友們都遇上了倒楣的事情！我們看到了有一些超自然的東西在作祟⋯⋯請問婆婆您可否教我們該怎樣做？」

「呵呵呵呵⋯⋯老朽只是一介清潔工人，可能幫不上小哥你們。不過如果你可以帶你的朋友過來的話，我可以來一起給一下建議⋯⋯」

不知何故有股久違的安心感湧出，Kenny即時舒暢了不少。他謝過老人後便雀躍地飛奔回家，打電話去通知佩珊邀她一起前往。他恨自己出門過於趕急，連手提電話也忘了帶出外。

誰知，他還未踏進家門，就已聽到來自Nokia 3310的

二十四和弦鈴聲。來電者正是他想找的人。

陸續 消失

「喂！佩珊！我有好消息，有一個地方……」說到這裡，Kenny的話就被佩珊慌張的話語壓斷。

「Kenny……先聽我說，健強昨晚失蹤了！」
「妳說……他也失蹤了！？到底是怎麼一回事？」

「事源是……昨晚健強拿走了『#4』影帶，剛才我打電話給他想約他一起將影帶交給警局的，但是他的手提電話一直都打不通。我便打電話到他家中。豈料他家人說他凌晨已出門，說是有重要事情辦。

就在這時候我發現了他於昨晚3點時留了一個電話留言給我。他在留言中說他已經確定Kenny在愉園空屋中。他要做第一個找到家希的人！但是…但是現在連他也音訊全無了……嗚……」

　　Kenny聽到佩珊的抽泣聲，但他沒有停止發問：「那麼妳知不知道他為甚麼那麼執著於做第一個找到家希的人呢？」

　　「那都是我的錯！嗚……其實，之前健強問我，如果他是第一個找到家希的人，我可否和家希分手，然後做他的女朋友……我也不清楚為甚麼我最後會答應了他的！可能當時我已處於絕望中……」

　　「……我終於明白健強為甚麼比我更投入去尋找家希了！既然現在連健強都失蹤，我們不要去那不祥的空屋好了！我先帶妳去天后……」

　　佩珊再一度打斷Kenny的說話：「不！說到底都是我害了健強失蹤的！我要負上責任！無論那裡有甚麼都好！我一個人現在就去！你不跟來也可以的！」

　　「喂！？喂！？等等！」Kenny感覺到佩珊已近乎失控的情緒，不陪在她身邊不行。他只好鼓起畢生以來的勇氣，去陪她一次。

　　滂沱的大雨斷續地下了數天，Kenny及佩珊重返愉園空屋時便遇上了大雨。兩人已撐著傘站於空屋入口的大

門前。

「我們進去……真的沒有問題嗎？」

「我心中一直有把聲音叫我去找尋家希，就算機會微乎其微也要試一試……不去求證一下家希及健強的行蹤的話，我不能夠死心……Kenny，多謝你陪伴到我這裡。你在這裡等我也可以……」

「不……不是的！既然來到這裡……我捨命陪君子！但之後你要跟我去天后廟走一回……」Kenny不了解自己為甚麼會答應得如此爽快，本應想游說一下她再說的，可能是他隱約中覺得有些重要事情要去到愉園空屋做的……

依……滿佈鐵鏽的大門被推開，Kenny尾隨著佩珊走到空屋門前。

「家希！健強！你們在這裡嗎？我們來找你們了！快點回應一下吧！」佩珊聲嘶力竭地向屋中疾呼。可是只有「嘭嘭」的雷聲作出回應。

當佩珊打算踏進屋內時，Kenny的記憶被雷聲刺激起，想起了他的「重要事情」，即時拉住了她的手。

「等等！我們先去合上那個被我們打開了的井蓋吧！」

「為甚麼呢？」

「直覺認為這是事件的開端⋯⋯是我們先掀開了那口井⋯⋯相信經歷了這數天的怪誕事件後，你也覺得家希的失蹤是和一些超自然的東西有關⋯⋯」

「那麼姑且一試吧⋯⋯」

一說起超越自然的事物，恐懼感如烈火般迅速蔓延至兩人全身，減慢了他們的動作及思考。沒有辦法，只好硬著頭皮去盡地一博了。

Kenny兩人將身上忌水的手提電話等物品都放置於乾燥的屋簷下，就冒雨走到井前。井口和他們從電影片段中看到的一樣，不斷有水溢出，分不清是雨水或是井水。接下來，兩人合力將地上的石蓋如蓋棺般死死地蓋回井口。水，沒有再湧出了。

「啊啊⋯⋯啊啊啊⋯⋯啊啊啊⋯⋯啊啊啊啊啊！」

「啊啊⋯啊⋯啊⋯啊啊⋯⋯！」

「啊⋯啊啊⋯啊啊啊啊啊啊⋯啊啊⋯⋯啊啊啊！」

　　突然，斷斷續續的絕叫聲從空屋的二樓傳出。佩珊愣住了一剎後即時衝往空屋。Kenny來不及反應，不停在她身後喊道：「等…等等我！等等我！」

　　如是者，二人終於找到了前往二樓的樓梯，可是，他們看到了一條又一條的直指樓梯的血路。

　　不祥的預感盤踞著Kenny的內心，使他感到毛骨悚然。他終於明白恐怖電影中的角色的心情了……但佩珊仍舊毅然堅持往樓梯走。

　　登上了二樓，他們前方有一條長長的走廊，地上的血痕新舊交錯著，和走廊一起伸延至盡頭的一間房門虛掩的房間。

　　「啊啊」的慘叫聲及一些類似談話的聲音不停由房門的缺口滲出。

　　Kenny仍緊緊牽著佩珊的手，他感覺到對方的體溫正逐步下降……

源源 血水

　　Kenny 像小孩般被姐姐拖曳著前行，每行一步他都心悸一下。他頭昏腦脹，不敢正視盡頭的房間。因為他好像看到有一個人在一道打開了的門後等著，他們正逐步走向他。

　　依……破舊的木門被佩珊推開，怪叫聲便停住了。兩人屏息靜氣地掃視了房間一週——它的佈置和健強口述的大致相同：有大床、梳妝枱、衣櫃等等家具……而且梳妝枱上有一塊「神主牌」，旁邊還有一枝燒了一半的香煙……

　　兩人很快便巡視了房間一周，卻找不到怪叫聲的來源或任何異物。突然，Kenny 發現了腳下的血痕，它斷斷續續地伸延至牆角旁的那個褐色大衣櫃……他慢慢地、緩緩地走到它的前面，用那冰冷乏力的手拉開了衣櫃門——一見發財！！一具不成人形，但看得出有人體特徵的血淋淋「肉餅」被塞於櫃中！

　　隨後「噠」一聲，它從衣櫃中跌出到 Kenny 的腳

前！Kenny 當時的面容扭曲程度已達人類的極限，後退時被地上濕滑腥溫的血液滑倒了。他於地上亂爬一通，失聲尖叫。

「嗚呀呀呀呀呀呀！這是甚麼鬼東西啊！！媽咪呀！！」

那具啜核的東西彷似在對Kenny作出了回應，竟然開始了怪叫！同時，竟然說出了「人話」來：

「我⋯我⋯⋯啊啊⋯⋯我⋯⋯朋⋯⋯我⋯⋯啊啊⋯啊啊！⋯⋯想⋯⋯女⋯⋯友⋯⋯珊⋯⋯」

「我⋯⋯啊啊⋯⋯不⋯⋯我⋯⋯毒⋯⋯想⋯⋯改⋯⋯過⋯⋯啊啊⋯⋯外賣⋯⋯啊⋯啊⋯⋯」

「啊啊！！我⋯我⋯我⋯⋯拍⋯拍⋯⋯片⋯⋯我我⋯⋯想⋯⋯導⋯⋯電⋯⋯影⋯⋯」

「人肉餅」身上血肉模糊的那三顆差點可以算是頭顱的物體，分別喃喃地呻吟著以上斷斷的「詞句」。

　　Kenny張大了不願意張開的雙眼瞟向那異物，看到它其中一顆頭顱和他由孩提時期一起遊玩，而在近期神秘失蹤了的朋友有點像；另外一顆頭顱賤肉橫生，有點像昨晚失蹤了的胖子；最後一顆顱則留有過長的金髮……

　　然後，他發覺跟前的「人肉餅」就是失蹤了的家希、健強及金髮小哥阿輝！只是他們現在的存在形態有變……變得不成人形了，就如三個人如蠟般溶化融合於一起，亦如同他將不同影片剪輯合併而製作成的電影一樣……

　　Kenny解釋不了眼前的現象，如果強行來解釋的話，第一個「解釋」可引用哲學家沙特的名句：「存在先於本質」，一切事物只是隨意地存在著而已，並沒有充分理由去說明既存事物為甚麼會是這樣及之後變成那樣，換句話說是天意……

　　第二個「解釋」則簡單得多，他們——不，現在是「它們」，受到了電影中的詭異事物的詛咒了……

　　「佩…佩佩珊！！妳…妳快過來看！是…是…是家希啊！！他…他們可能還活著！要帶他們去醫院！！」

　　已慌張得語無倫次的 Kenny 搖頭望向呆站於房中深處的窗邊……她由剛才開衣櫃門之前為止，都只一直由破窗中往外看，看得出神，沒有理會到 Kenny。

　　當 Kenny 目睹她在抖個不停的雙腿時，便得悉她在看的絕對不是甚麼好的事物……

　　「怎……怎麼了？妳在看甚麼？」
　　「下面……那個……是甚麼人？」佩珊以沙啞的聲線說出如夢囈般的回應。

　　Kenny 小心翼翼地走到佩珊身旁，見到她的眼睜得前所未有的大，烏黑的眼珠在抖動，以詫異的目光注視著窗外的庭園。

窗外  井內

　　於是Kenny亦探頭看個究竟。他當時以為沒有東西比房中的「人肉餅」更有震撼力。接下來，他認為自己錯了。

　　庭園的那口井的石蓋又被移開了。井口的水不斷溢出，露出了半個人形物體。它穿著一件殘舊白袍，它有一顆幼長的乾癟頭顱，頭顱上有三個形狀各異的孔……其中一個與一條血紅色的長舌頭相連著。而它，似在上望著Kenny身處的破窗處。Kenny覺得他正在和這不應存在於世上的事物「四目交投」……

　　Kenny全身的神經都繃緊，如被人五花大綁。因為直覺告訴他如果自己稍有所動的話，將會招來災難性的後果。

　　「嗚嗚嗚嗚嗚噉噉噉噉噉噉噉！！」低沉的嚎叫聲由那玩意逐漸擴大的「口」呼出，蓋過了雷聲。

　　衣櫃旁的「人肉餅」似乎受驚了，胡亂掙扎且怪叫不

斷，Kenny回頭一看，看到鮮紅的血液由它身上不停滲出。

佩珊突然用力抓住Kenny的手臂，使他又再回頭往窗外望……這回非同小可了。

井口那具人形異物身體不斷地拉長，緩慢地往Kenny伸過來。

「媽呀！有鬼呀！！」Kenny與已接近麻木了的佩珊不約而同地驚叫出心底話！一直現身的詭異事物，原來就是所謂的「鬼」！他確認了的確是由於拍電影而招惹到的「鬼」……可惜現在後悔已經太遲了！

後悔也於事無補，Kenny即時推開呆站窗前的佩珊，下一剎，那具人形異物的上半身就已奪窗而入，它的下半身似乎仍留於井中……它並沒有即時對已被嚇得心膽俱裂的Kenny及佩珊作出行動，反而伸向了房中的另一活物──「人肉餅」。

人形異物的鮮紅色長舌頭估計有兩米長，肆無忌憚地舔食流在地上的鮮血。「人肉餅」怕得不斷亂爬。接下來它便被它細長的手緊緊掐著，更多的鮮血被擠出，

腥臭味、各種怪叫聲縈繞於空氣中，詭譎的氣氛在陰沉的空房中沉澱。

與此同時，Kenny及佩珊依舊伏於地面上發抖，被詭譎的氣氛壓倒著，使不出逃跑的氣力……他現在才切身地體會到恐怖片的角色為甚麼不能夠第一時間逃命了……

「人肉餅」似是在痛苦地慘叫中，Kenny意識到如果再不逃離這塊不祥之地，絕對會成為那「人肉餅」的一部分，於是用力拍打了自己的臉數下，好讓疼痛驅趕些許恐懼感，拖起佩珊冷冰冰的手：「不…不要放棄……快走！」

可是佩珊卻甩開了他的手：「那…那人肉餅就是家希……我…我想留下來陪他。Kenny，你是個善良的好人，你自己一個走吧！不用理會我了……反正我雙腳已發麻，是走不動的了……」

「不！就是因為他是家希，就是因為我是個好人，才不能丟下妳去殉情而獨自逃命！不然家希會怪責我，我亦會內疚一輩子的啊！！」Kenny想不到自己竟擁有這種勇氣，便扶起淚流滿面的佩珊走往出口……

「嗄啾啾……」教人懸心的吸吮聲從Kenny身後不斷傳出，迴蕩於的殘破空室中。

「不要往後望，不要往後望，不要往後望……」Kenny在心中呢喃著，提醒自己絕對不可以再望向那發出駭人聲音的源頭……他集中精神攙扶身旁受驚得如剛出生小馬的佩珊，狼狽地一步一步前往出口。

好！踏出了房門，身後似乎沒甚麼異動……很好！在走廊走了一半，身後的各種怪異叫聲音量已逐漸收細……非常……不好了！！在他們走到樓梯時……

「嗚嗚嗚嗚嗚嗷嗷嗷嗷嗷嗷嗷！！」

刺耳叫聲再度響起！佩珊反射性地往後一看，差點被嚇傻了。

「啊啊啊啊！」

Kenny 亦不爭氣地驀然回首，驚見那忌諱的人形異物的軀幹已伸出房門，在向樓梯的方向不斷地伸延過來！受到不速之嚇，他平衡一失，連帶佩珊一起滾下了樓梯。

　　渾身上下都疼痛不堪，但那**嗚嗷嗷**的鬼叫聲如猶在耳，諷刺地，現在恐懼感成為了身體的助燃劑，掩蓋了疼痛感，本能反應驅動著Kenny前進。前路是光明，退路絕望，兩人一拐一拐地往這廢棄大宅的大門逃亡。

　　Kenny終於一步踏出了這凶屋，於屋簷下，他突然覺得拉不動佩珊了⋯⋯她的手冰冷得不如活人，他暗驚一下，便鬆開了手。

　　「快走快走快走！出口就在前方了，只欠一步而已！」
　　「Ken⋯⋯Kenny⋯⋯好好好像有一隻手揞住我的左腳了⋯⋯」

　　Kenny又一次回頭，又再一度受驚——他瞥見驚恐無助的佩珊臉上的淚痕，她的腳被一隻幼長蒼白的手揞住，她身後，正存在著追趕著他們的詭異事物⋯⋯然後，佩珊便被它無情地拖回原路，拖回絕望的深淵，她的神情和當天家希在片段中被拖走的恐懼表情重疊起來。

　　「應應應該怎麼辦？自己一個人逃命去，然後內疚一世？或是留在原地陪葬，成為鬼魅的晚餐？」Kenny在原地躊躇著，此刻的選擇，猶如叫他就地去選擇終生監禁或死刑。

突然間，他的眼角瞟到剛才遺下於屋簷下的 Nokia 3310 手提電話！無意識地，他孤注一擲，將 Nokia 3310 擲向那鬼魅。

Head Shot！Nokia 3310 竟鑿穿了它那教人望而生畏的乾癟頭顱！

「嗷嗷嗷嗷嗷嗷嗷哦哦哦哦哦哦！！」它便放開了佩珊，同時縮回了樓梯上。

Kenny 即時不顧一切，拉回佩珊。兩人冒著雨，頭也不回地逃離了愉園空屋。

在主流電影的大團員結局中，經歷過患難而劫後餘生的男女通常會互生情愫。但對於剛逃離名副其實的「鬼門關」的他們而言，卻倒不盡然。二人坐在前往海壇街天后廟的的士上，噤若寒蟬。Kenny 只是呆滯地望著窗外的雨景，佩珊則雙手掩面，欲哭無淚。

司機大叔間歇地從倒後鏡中窺視、打量著落魄的二人。

「小兄弟，和女朋友吵架了嗎？」

　　Kenny驚醒過來，支吾其詞：「哦……不是的……我們剛去過愉園那間空屋……然後發生了一些事……」

　　「嗯，是嗎……沒事就好了！」

　　「司機先生……你知道那間屋嗎？有沒有聽聞過鬧鬼的傳聞？」

　　「雖然我知道那是區內知名的『鬼屋』，但鬧鬼的傳聞倒沒有聽聞過呢！但是，我知道這『鬼屋』的由來…」

　　「真的知道嗎！？」

　　「我在這裡土生土長，當然知道！相傳那家愉園大宅本來住著一家人，但有一天，屋內所有人都失蹤了。其中一個説法是屋中有人突然發狂，斬死了所有人，並將他們的屍體投於那井內……

　　又有一説法是屋內所有人所有人都自殺了。此外還有很多其他版本的……之後，有傳屋內有吸血殭屍出沒呢！哈哈！不過嘛，不需太認真去考究，相信都是有人散播這些謠言去防止有陌生人入內吧！哈哈哈哈！」

　　黃昏時分，一連下了數天的雨終於停止了，雨過天晴。夏風送來的空氣清爽得教人精神抖擻，金黃色的夕陽餘暉灑於老樹濕潤的青葉上，映出一片片金色光芒。老樹下的天后廟的門前，Kenny兩人正被這種怡人的環境撫平著受驚的心靈，同時在等候著那位掃地老婆婆，因為Kenny曾約好再來拜訪她。

　　「小伙子，終於回來了嗎？看到你惶恐的神色……想必真的遇上了不得了的東西了……你身旁的女孩就是你的朋友對吧？」

　　那掃地老婆婆又再度無聲無息地出現於Kenny身後。於是，他便將包括今天至數天前的異聞連珠炮發地傾訴出來。

　　「……婆婆，以上的就是我們數天以來的詭異經歷了……我們該如何是好？」

　　老人嘆了口氣：「唉……一切只可以謂因果之循環……進去廟中拜一拜天后娘娘吧……謹記之後要徹底忘了這些詭異的事物……」

　　參拜過後，Kenny他們便離開天后廟，離開時好像隱

隱又聽到那婆婆又嘆了一口氣……

於是，一切又回復正常了。

翌日中午，Kenny 正打算睡一個午覺之際，收到了一通由大學的系主任打來的電話。

「喂！你好！我是教授！」
「哦，教授你好。」

「其實，我想説，我十分欣賞你們那組，我收到了你們交給我的《Paradise For Nobody》電影成品了！雖然這不是正式的功課，但看得出你們是用心及熱誠製出的！而我年輕的時候對於電影，亦有不輸給你們的熱誠呢！加油！我對你們充滿期待！！」

通話結束，Kenny 想到了關於那《Paradise For Nobody》的恐怖事物，詭異感再度油然而生。

「忘了它忘了它忘了它！」Kenny決定不再想它，倒頭大睡。

無限  輪迴

　　悶熱的午後，鈴鈴鈴鈴……持續不斷的鬧鐘響聲將Kenny由抽象的夢境中帶回了現實世界。他按了鬧鐘一下，睡眼惺忪地坐在床上回憶剛才夢境中的情節。

　　「一切都如蒙著薄紗，好像有一個人在一道打開了的門後等著，我正逐步走向他。這個夢有點像之前看過的前衛派電影呢……」

　　Kenny想起電影二字，不禁精神百倍了。他的同學兼好友家希，一星期前無故失蹤了。

　　現在他要趕往片場與組員佩珊及健強去調查家希的神秘失蹤之謎……

　　…………
　　………
　　…

　　悶熱的八月往往會突然召來狂風大雨。由於Kenny出

門時天空萬里無雲，所以他沒有帶備雨具，傾盆大雨突然從天而降。他只好狼狽地躲進路旁的天后廟。

突然，在天后廟門口掃地的一位老婆婆拍了拍Kenny的肩，道：「小伙子⋯⋯你氣息不太好，印堂發黑啊！」

「咦？這位婆婆⋯⋯妳在對我說？」

「唉⋯⋯看來你又忘記了我的話了⋯⋯為甚麼現在的年輕人們的記憶力都如此差呢？算罷，這次要記好了——不要對怪誕事物尋根究底，不幸遇上時要盡快忘了它　，否則，它將一直一直寄活於你的腦袋中作祟⋯⋯」

說罷後，該名老人緩緩地退回后廟的後堂中。Kenny一時摸不著頭腦。

⋯⋯⋯⋯⋯

⋯⋯⋯⋯

⋯⋯

當天的討論結束後，Kenny獨自折返片場去取回他遺下的Nokia 3310手提電話。

　　當他打算再度離開之際，他發現沙發旁的牆角隱蔽處，發現他借給家希的《Silent Hill 2》碟盒，及一盒寫有「#5」《Paradise For Nobody》的母片。拿起它的那一刻，他的頭突然刺痛起來……一個又一個單元記憶片段浮現出來。

　　「《Paradise For Nobody》的第5段──象徵『循環』的概念……」

　　「被打開了的那口井……」

　　離奇失蹤的家希及他最後的一句說話：「我們之前拍的那數卷超八米厘電影原片……它們不能用了……還是放棄吧……」

　　那掃地婆婆那意義不明的一句說話：「不要對怪誕事物尋根究底，不幸遇上時要盡快忘了它，否則，它將一直一直寄活於你的腦袋中作祟……」

　　…………
　　……
　　…

　　之後強烈的既視感襲向Kenny，他似是恍然大悟，對自己暗忖：「有時……有些東西可能現今科學仍未有能力去解釋的……我選擇將這不應存在於世上的『#5』處理掉比較好……正如《Silent Hill 2》，結局是好是壞，都是由主角自己選擇的……」

　　之後，他果斷將影帶中的菲林悉數扯出，讓它暴露於強烈的燈光下曝光，再焚毀，然後急步離開了片場。

　　Kenny在升降機門關上前的一刻，不經意地瞄了瞄遠處那道防煙門。一切如常，那裡仍然只有一道防煙門存在著而已。

詭異日常事件

　　兩位損友聽過那個名為「電影」的詭異故事後都有各異的反應。

　　阿強的神情一片呆滯，不停重複地說很同情故事中「為情犧牲」的胖子，而阿興則批評結局有點像他看過的科幻電影。

　　接下來，阿興面露陰險的笑容，要求到他發言：

　　「阿南……我將要說的故事會比你說的更為真實……而且，節日當然要說和節日有關的故事了……這是在我朋友阿健身上發生的詭異故事……阿強，你也聽好了……」

　　外表一派斯文的阿健這夜又過得和平常不太一樣了。

　　這一夜沒有月亮。阿健手戴的G-Shock螢幕於漆黑中展示出螢光綠，閃跳著2:13AM的阿拉伯字符。然後，一滴豆大的汗珠滴到錶面之上。他的呼吸既急且亂，沒有心情去把汗擦拭乾淨。因為，在這個冰冷的十二月深夜中，他正獨自一人徬徨地躲於公司展示室中的附屬廁所，進退失據。冷汗已滲透了他的羊毛底衫，恐懼已佔據了他的神經系統。

五分鐘前，他前往展示室關閉電源。
兩分鐘前，他在黑暗的展示室中驚心動魄地跑動。
一分鐘前，他將自己反鎖於廁所中。
三十秒前，他知道自己已陷於進退兩難的窘局。

現在，是星期五凌晨2:14AM，男廁門外那沉重的腳步聲、深沉的呼吸聲已近在咫尺，迴蕩於心寒的空氣、詭異的氣氛正絞碎著阿健僅餘的理智。

他亂成一團的思維在考慮著一是打開門去「確認」在進逼中那東西的真偽；二是冒生命危機，爬出窗戶由冷氣機槽逃命。在作出如此重大的決定前，他再度回憶起近來數晚在公司OT時發生的不尋常事件。

離奇 ◉ 電郵

星期一，從事燈飾業務的「銀星國際貿易有限公司」全體十多名員工正埋頭苦幹，為了一星期後開始的「報價雙週」作好準備。屆時美國客戶群將會陸續前往公司約萬餘呎的展示室中看樣板及談來年的燈飾生意。

　　阿健身為採購員，當然是忙得不可開交。由於年資尚淺，他可謂是公司食物鏈中最底層的「初級生產者」，很多和他工作沒有直接關係的瑣碎事務他都要去處理，他已作好了要通宵加班的最壞打算。

　　不知不覺間已經是晚上七點多了，莫説是完成當天該完成的工作，阿健連接踵而至的電郵也來不及查閱，只好跳著先看一些緊急的電郵。當他看到一件由某小型供應商傳來的古怪電郵時，同事們就過來找他去吃晚飯了。

　　他決定先去吃晚飯，喝點啤酒放鬆一下已工作了一整天的軀體，然後再回來和工作硬拼。

　　阿健與數位同事坐於公司附近，位於馬頭圍的露天大排檔吃著潮州打冷、淺嚐著Asahi Super Dry啤酒。他邊心不在焉地和同事們談論著公事，邊打量著遠處以怪異傾斜度站於冷巷中，頭戴草帽的長髮女子的背影。

　　「阿健，今年來我們公司的客户比去年多，你要有心理準備要OT到深夜或早上啊。但你放心，作為組長，我會陪你一起OT的，加油！」坐在阿健身旁的年約三十歲身材厚實的男子熱血非常，似在為他打氣。如他所

言，他是阿健的直屬上司Francis，外號「番薯」，阿健則是番薯的唯一下屬。

「唉……又要OT了……還記得去年差不多的時候，早出早歸，當時我差不多有半個月見不到和我一起住的家人呢……而且OT又沒有加班費，真過份！提起OT……咦？Benson呢？他不用OT嗎？難道他已完成工作，回家了嗎？」

「Benson仍在公司展示室整理明早要送出的樣板。他叫你們順道買個飯及一罐嘉士伯給他。」為人內斂的鄰組組長Andy哥突然搭訕道。

「Benson真是勤力呢……我連電郵都來不及看……電郵……番薯，剛才我收到了一封由供應商『新美』傳來的古怪電郵，內容似是說今天已將樣板寄給我們……但印象中我們沒有向他們下樣板訂單喔。」

「新美？他們廠房去年不是遭人縱火後倒閉了嗎？這可能是假冒電郵，不必理會好了。誠言他們造的萬聖節飾品是十分逼真的，只可惜比其他廠貴太多了，而且經常過不了驗貨……說是動物成份含量過多云云。」答覆阿健的疑問後，番薯豪氣地吞下了一杯啤酒。

　　老舊的升降機抖了一下，便停於馬頭圍一間工廈的六樓。升降機出口左方是銀星公司、右方則是佛山牌禮佛製品廠的貨倉。雖然阿健已在銀星公司上班了近一年，但他幾乎每次步出升降機時都有向右方走的傾向。而每次番實看到他這樣都愛譏諷他一番：「哥仔你年紀輕輕就愛吃元寶蠟燭嗎？」

　　阿健又回到了公司，第一時間將手上的鹵水臘味套餐及嘉士伯啤酒帶往辦公室旁的展示室。他一下子就找到了Benson的身影，他正在那偌大的會議桌旁整理各門各類的聖誕燈飾樣板。Benson是個剛畢業不久的新丁，由於和阿健年紀相約，加上大家於公司都是處於差不多的地位，所以兩人可說是一拍即合，臭味相投。

　　Benson此刻在眉頭緊蹙，似乎工作並不怎順利。

　　「喂，Benson臘味飯到了。」
　　「阿健你來得正是時候，剛才呀，大約八時多的時候有速遞員送了一個樣板上來⋯⋯但後來樣板消失了。」
　　「消失了？等等！八時多順豐速遞的人也下班了。為甚麼還會有樣板送來呢？」

　　「不知道呀，可能是私人速遞公司吧。記得那個

駝背速遞員推著手推車上來的時候我正忙著。我只是隨便簽收了。明明有看到速遞員替我將樣品搬進來的。你看，這是送貨單……」

新美飾品廠（東莞）樣板送貨單
日期：12月14日
單號：140666A
貨品號：99-ZA-0867PA
明細：人形萬聖節擺設
數量：1隻
材積：174cm H x 60 cm W x 22 cm D

　　阿健看過送貨單後更百思不得其解了，因為他想起了早前的電郵及與番寶的對話。

　　「番寶說新美早已經結業了，所以應該不可能會有樣板送過來。不過算罷，反正錯有錯著，樣板不見了也不會有甚麼大問題，反正又不用付樣板費。」

　　「師兄你這麼說，我就放心了！我剛才不知多麼擔心如果對Steven說我弄丟了樣板的話，他會如何大發雷

霆！我現在可以安心吃飯了。」

「沒甚麼的，反正錯不在我們。噢，那樣板十分大型呢……材積有174cm高、60cm闊……它是甚麼來的？難道是等身大的萬聖節骷髏或木乃伊擺設？」

「它足足有一個成年人的大小。至於它的樣子……我沒有拆開包裝來看，送來時只是被黑色膠袋包裹著而已，有點像是一個屍袋……」

「是嗎……算了，此話題完結。快吃飯吧，大家都有成噸的工作未完成。我不想OT到通宵。」

阿健遺下了在狼吞虎嚥著臘味飯的Benson，獨自踱步回辦公室。在回去之前，阿健特意在這萬餘呎、間隔有如迷宮般的展示室繞一圈，好好消化一下晚飯。

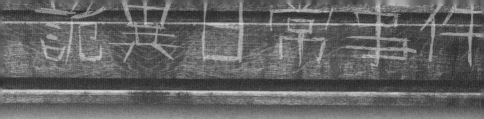

機器　　故障

　　當阿健走出了展示室，身處於相隔了展示室及辦公室的走廊中。他看到番實正氣急敗壞地急步走過來。

　　「大事不妙了！剛才公司的伺服器故障了，我們的報價單都損毀了！偉倫電腦公司的人說最快也要明天10時才可派人來檢查⋯⋯阿健，你明白我的意思的。」

　　「所以今天我們花了四個小時才完成的大客戶Walmart的成本推算表及報價單都要重做了嗎？」阿健倒抽了一口氣。

　　「Exactly！要支持住啊老友！我會陪你OT的！」番實展露出哭笑不得的表情，拍了拍阿健的肩膀。

　　阿健望了望他的G-Shock，現在已是晚上九時多了，最快也要OT到深夜一兩點才可完成工作，他絕望了，只好死死地氣跟隨番實回辦公室。他不禁在想：「如果陪我OT的是個美少女就好了，那麼我會心甘情願地OT至天亮。」當時阿健料想不到他的願望竟有一半成真了：然

而那卻不是甚麼吉祥的事情。

回到了自己的座位，他看到電腦螢幕上出現的未閱郵件數已達三十多封。最後收到的郵件是晚上八時多，由「新美」寄來的怪異郵件，沒有署名及收件人，其內容可打滿一張A4紙：

「收到樣板了嗎？收到了！收到樣板了嗎？收到了！收到樣板了嗎？收到了！收到樣板了嗎？收到了！收到樣板了嗎？收到了！收到樣板了嗎？收到了！收到樣板了嗎？收到了！收到樣板了嗎？收到了！收到樣板了嗎？收到了！收到樣板了嗎？收到了！收到樣板了嗎？收到了！收到樣板了嗎？收到了！收到樣板了嗎？收到了！收到樣板了嗎？收到了！收到樣板了嗎？收到了！收到樣板了嗎？收到了！收到樣板了嗎？收到了！收到樣板了嗎？收到了！收到樣板了嗎？收到了！快付款快付款快付款快付款快付款快付款快付款快付款！」

番實無奈地說這絕對是惡作劇郵件，可能它帶有某種電腦病毒，使公司伺服器故障。當時阿健並沒有多加理會郵件，即時將它刪除了。因為他滿腦子只是在想如何以最短時間重做報價單，沒有餘裕去理會其他事物。當然，他亦沒有提起Benson剛才遇到的吊詭事件。

11:45PM，同事們都相繼離開公司。因為公司規定只要OT至11:45PM，就會有晚飯及交通津貼，故此OT了某時數的同事都活用了這法規。可是阿健、番薯及Benson三人仍未能回家，繼續OT。番薯不太喜歡靜謐的氣氛，便開始用他的重低音Subwoofer揚聲器播放音樂。

長達三十多頁的報價單將要完成了。可是阿健的眼皮已沉重得如鉛塊，頭痛欲裂。望了一望錶，原來已經是凌晨一點多了。突然他被遠處茶水間陣陣古怪的物體移動聲音吸引住，便渾渾噩噩地走了過去。

走到茶水間，半個人也沒有，他認為是疲勞過度而產生了幻聽。於是喝了杯雀巢，再吞下了一顆必理痛，又再腳步蹣跚地走回座位。當他經過船務同事Cecelia的辦公桌，由假天花滴下的水滴吸引到他的注意。於是他抬頭仰望了一下——有一格假天花被移開了兩至三吋，水滴便是由那空隙滴下，使下方的地毯都濕了一大片，而地上亦留有顯眼的烏黑髮絲。

阿健此際嘀咕著：「冷氣機又故障了嗎……話說回來，Cecelia的脫髮問題頗為嚴重呢……年紀輕輕就有這種病，真可憐……但也不及OT至天荒地老的我可憐。」

月亮光光…月亮光光…月亮光光…月亮光光……

甫回到座位中，他便聽到後方番實的Subwoofer揚聲器播出那首不怎適合於午夜時份播放的經典金曲。回首一望，才發現番實不見了，但他的個人物品依然在桌上。

他知道番實可能是過去幫Benson整理樣板，一時三刻不會回來，於是他擅自去關掉了揚聲器。

舉目無人的辦公室又回復到一片寧靜。突然，微微的「吱吱」聲由泛著慘白色的假天花傳出，繼而有「咚咚」的聲響出現，嚇了阿健一大跳。

「難道天花上有老鼠出沒？如果是的話都應該是巨鼠來的……」

閉路　電視

　　怪聲持續不斷，腦袋依然痛個不停，使阿健不能專注於工作，便注視於那個掛於牆上的閉路電視。他有個古怪習慣，就是工作到心散時都會眺望著它發呆。

　　黑白色的電視屏幕一目了然地展示出辦公室門外走廊那一成不變的景色。阿健依然呆滯地凝視著它。

　　十秒過去⋯⋯
　　三十秒過去⋯⋯
　　六十秒⋯⋯

　　「！！」

　　有一陌生人唐突地出現於屏幕上。他的背駝得極為誇張，緩步而行。不單止，他走到了展示室前便停住了，然後慢慢地舉起右手，意圖推門進去⋯⋯

　　「難道是賊？」阿健大為緊張，即時衝出至走廊，但人已赫然消失了。他便動身前往展示室去探查一番，

順道找Benson他們寒暄幾句。

　　聖誕燈飾區一、區二、區三、區四、蠟燭區、萬聖節區、樣品貨倉⋯⋯通通都找不到那可疑人的身影。最後他走到了展示室中的會客室，看到Benson及番實兩人在手忙腳亂地蹲在地上整理樣板。

　　「同事們，有沒有看到可疑人物出現？剛才我在閉路電視好像看到了有一個怪人在展示室門外鬼鬼祟祟的⋯⋯」

　　「鬼影也不見半個！那你有沒有找到那人？」

　　「倒沒有⋯⋯可能是吃了藥及睡眠不足出現幻覺了。」

　　「那麼快過來幫忙將已整理的樣板入箱！Benson他將K-mart及Walmart兩大客户的樣板都搞混了！報價單及樣板都要明早送給客户的！這回真的事態緊急了！」

　　聽見番實的指摘，Benson即時憤憤不平地澄清：「都說過不是我弄混了樣板！阿健都可以做人證的。剛才我已將樣板整理得七七八八，便在這裡吃晚飯。飯後實在是飯氣攻心，我就伏於桌上小睡片刻。誰知我一覺醒來時，竟已睡了兩個多小時，而樣板已亂七八糟了！真

見鬼！」

「唉！哪有這麼多鬼啊！加快動作吧，不然通宵也做不完，明早給Steven看到時真的會見鬼了。今天都不知是不是犯了凶星，倒楣的事接踵而來……」番實又在悲嘆了一下。

阿健回憶起早前送飯時的情景，證實Benson的確並沒有說謊。當時地上的樣板的確有大半是已整理好。但他僵硬的思緒想不出合理的理由去為此詭異事件解釋，只好呆頭呆腦地加入工作。只不過，一縷不協調感漸漸由他疲憊的內心深處升起。

他有股感覺，好像有「人」刻意留他在公司OT般。

所有需要緊急處理的工作終告竣工，阿健及番實不禁歡呼了一下。兩人收拾好一切正打算離開公司，下班回家。番實便關上又在播放音樂的Subwoofer揚聲器。

阿健心中有個疑問：「揚聲器不是早已被我關上了嗎？」

但他沒有說出來，因為他已經疲倦得甚麼都不想去

理會了。

當時已是凌晨4時多了。此刻，Benson 摟抱著睡袋走進了辦公室：「兩位，我今晚不回家了，想借一借這睡袋在公司睡覺算了。」

「那是 Andy 哥的睡袋，你最好徵求過他同意才好拿來睡。」
「哎……他應該不會介意的。」
「那麼你好自為之了。」

阿健他們走到了走廊，才發現 Benson 忘了關閉電源及鎖好展示室的門。番實本想叫回 Benson 去做回他該做的事，可是在走廊已聽見Benson的鼻鼾聲，只好找阿健代為效勞了。

阿健走進了展示室的最深處，打開電箱的蓋，拉下把手。「啪」的一聲，整個光亮的展示室陷入了一片漆黑中。阿健認為這個電路設計有絕大問題，每每關完燈後，關電源者需要摸黑走回去。他掏出了新購入的智能三防電話 Moto Defy，打算以它作為手電筒作照明之用。可惜它只防水防塵防刮，卻不防睡死，又沒電了。他唯有隨手抓了串以乾電池驅動的小燈串來作照明。

「嘎嘎嘎嘎嘎嘎嘎嘎！」

「嗚嗚嗚嗚……」

當阿健走到了萬聖節房的時候，怪叫聲即時湧出。嚇得他連跳帶跑地逃出到走廊。

番實看到下屬鐵青的面色時，竟忍俊不禁爆笑起來：「哈哈哈哈……嘻嘻……膽小鬼，被嚇倒了嗎？那只不過是有感應功能的新款 Halloween Path Marker 而已！只要你走它，它就會發出『嘎嘎嘎嘎！』的怪叫聲。年輕人不要生人不生膽好！」

阿健惱羞起來：「都怪 Benson，他應該將這些駭人東西的電池拔掉的！」

翌日，星期二，阿健回到了辦公室，便聽見遠處有同事在議論紛紛。原來 Benson、Cecelia 及 Andy 哥三人在爭拗著甚麼似的。

「喂 Benson，昨晚人家的座位到底發生了甚麼事？地毯濕了一片，還有陣陣腐臭味傳來！而且遍地長髮。你在公司過了一夜，應該知道甚麼的。」Cecelia 一臉無奈地雙手抱胸。

「還有，阿 Benson 哥，你昨晚擅自盜用了我的睡袋，我不與你計較。但是為甚麼它外圍會黏滿了長髮，而且發出惡臭呢？你要給我好好解釋清楚。」Andy 哥瀟灑地撥動了劉海，活像梁朝偉。

「兩位聽我說，首先我只是睡在會議廳而已，並不知道 Cecelia 的座位發生了甚麼事。另外昨晚我睡著的時候，總是覺得被人摟住一樣。醒來就是這個樣子了⋯⋯」

「噫⋯⋯難道 Benson 你在公司幹了甚麼變態的事情？噫！不要過來呀！」Cecelia 後退了兩呎。

「都說了我甚麼也沒有做過，只是睡覺而已！！」

當他們仍在爭辯的時候，經理 Steven 已示意大家去會議廳與美國總公司開視像會議了。會議極為不吉利，因為一開始就聽到猶太裔老闆由美國發出的指令，要求他們一行人 OT，直至所有工作完成為止。

阿健捏了一把汗，工作愈來愈多了，再加上老闆無理的要求，認為今晚九成又要睡在公司了。

會議完結，由於負責行政工作的同事請假了，阿健

要代他去陪同電腦公司的維修員去維修伺服器。阿健以鎖匙打開放置伺服器的雜物房，一股異臭味隨即撲鼻而來。

「嗚噁！難道說有死老鼠嗎？這麼大的一股屍臭味！」因為之前曾有老鼠經假天花的冷氣通風口爬進雜物房然後死掉。可是這次有點特別：首先是找不到鼠屍，之後是這臭味比以往來得濃烈⋯⋯

不等沉思中的阿健反應，維修員已一臉厭惡地進入雜物房。他檢查了伺服器一下，便露出詫異的表情，道：「到底發生了甚麼事？這是人為損毀？這真的是人可以幹出來的嗎？」

阿健上前一看，詫異的表情傳染至他的臉上：「這⋯⋯這是！？」

伺服器的一角不小的面積破損了，它內裡破爛不堪的零件沐浴於房中人的視線內。殘破的外殼殘留著一道道半弧形、疑似人類牙齒印⋯⋯

「難道公司真的存有巨鼠？」阿健狐疑著。隨後維修員心不甘情不願地抬走了隱隱散發著惡臭的可憐伺服

器。在伺服器修理好之前，公司所有人只好暫用那老舊的後備伺服器了。

　　午飯時間，番實成為了眾同事的中心人物。事源他提出了一個大膽的假設：「諸君，我懷疑公司中出現了巨鼠！昨晚我聽到假天花上方傳來『吱吱』叫聲及有物體移動的響聲，而且巨鼠可能經通風管道鑽至雜物房，繼而將伺服器咬壞。更不排除它跑至展示室，趁Benson偷懶時將已排好的樣板打亂。

　　至於睡袋的臭味及長髮……Benson說過睡覺時有感覺到被不明東西從背部摟著。哈哈！該不會是那巨鼠吃過腐敗的垃圾後就摟著Benson來睡，長髮方面就……可能Benson真的對銀星之花Cecelia姐的秀髮有所留戀，而每天都在收集以作『自用』……」

　　發言一出，隨後引發了眾人的哄笑及Benson的不滿。飯後，Benson找來了阿健，密謀於晚上OT時作弄一下口出狂言的番實。

　　晚上，不出阿健所料，又要OT了。

　　為了一報中午被嘲笑之仇，Benson提議用黑色膠袋

將他包裹起來，扮成活屍來嚇番實。然而，一件怪事發生了⋯⋯

當阿健於展示室中將 Benson 包裹成人形屍袋，正打算去找番實來看之際，番實竟不請自來，並即時上前撕破 Benson 身上的膠袋。

「剛才果然是你們這兩個傢伙在嚇我！！」丟下這句，他便氣沖沖地離開展示室，遺下一面茫然的 Benson 及阿健。

轉眼間已是晚上九時正，阿健又收到了由「新美」寄來的滋擾性電郵。他實在沒有閒情逸致去理會它，便和大夥到展示室吃火鍋。

出席飯局的各個同事，都是仍要留在公司 OT 的可憐蟲。在那裡人人都在發泄工作上的辛勞、控訴著管理層用屁股構思出來的指令，如何讓大家工作量大增等等⋯⋯番實更在炫耀自己識破了 Benson 及阿健早前的詭計。突然間，Benson 說啤酒不太夠，自告奮勇去辦公室的茶水間提取啤酒，當時他已喝完了當晚的第三罐嘉士伯。

數分鐘後，急促的腳步聲由遠至近地傳來，只見Benson氣喘如牛地跑回來了。他紅潤的面色亦遮掩不住他慌張的神情。他冷不防驚叫：「辦辦辦辦公室有鬼啊啊啊！！」

人形 屍袋

全場頓時鴉雀無聲，只剩下火鍋中濃湯沸騰的啵啵聲。然而一刻後，眾人又在捧腹大笑起來，說Benson不服氣，想再嚇番實。大家都說Benson醉了，並要求阿健陪伴Benson一同前往。

成為了跑腿的阿健不滿地陪同Benson前往辦公室。

步進辦公室，一切如常。光管依舊以蒼白的燈光為寂靜的辦公室塗上冷白色，黑白單色的閉路電視屏幕依舊顯示著一成不變的景象。

「哪裡有鬼啊Benson……你是想找個藉口叫我來陪你當跑腿二號麼？」

　　Benson遙指那閉路電視，泛著醉意的臉上有三分認真：「阿健你一定要信我！我剛才從閉路電視看到了昨天收到的樣板。」

　　「啊？你在説甚麼樣板？」
　　「是『新美』寄來的人形樣板……當時從閉路電視中，我清楚地看到它依然猶如一個會動的屍袋，一跳一跳地跳進了辦公室！我怕得躲進了茶水間……可是之後並沒有看到它的蹤跡了……」

　　然而阿健沒有理會他，認為Benson是喝醉了所以看到幻覺。

　　和Benson分道揚鑣後，阿健坐回自己的位置，正要開始查閱電郵時，他嗅到一股異味飄了過來……回想一下，便記起今早曾於雜物室中聞到這種腐臭味。他追溯臭味的來源，是Cecelia的座位……不，準確來説是座位上方的假天花。

　　阿健猜測假天花上可能有死老鼠的屍體，屍體日益腐爛，所以腐臭味比昨天更要嚴重。

　　明天Cecelia回來的時候一定臭得她花容失色的，

得出此一結論後，他又繼續查閱郵件。當他看到一封9:36PM傳來的電郵時，他嚇得死去活來了！

他即時奔向展示室。

「番番…番實！大事不妙了！」

「年輕人，甚麼大事啊？鎮定點……你真的看到鬼了嗎？」

「比見鬼還要可怕……得多！我們的大客戶K-Mart報價單……原來明天就要遞交了……」

「你……咕…咕……咳咳！」番實即時被嚇壞，被肥牛哽住了喉嚨。

「完蛋了啊！如果我們趕不及遞交……來年便不用接K-Mart的訂單了！而那個A字膊頭Supervisor一定將大部份責任推卸到我們身上，向經理及老闆告狀。阿健，相信我們今晚不用回家了……」

阿健又絕望了。

辦公室牆上那無情的時鐘，指出現時已是凌晨3時

多。阿健的心理及生理狀態比昨晚 OT 時更為萎靡，因為他曾喝了酒，外加極大的壓力及睡眠不足使然。幸好，和 K-Mart 有關的工作也成功傳到美國總公司去了，他終於鬆了一口氣。此際公司只餘下他上司番實及他自己兩人。番實便提議今天睡在公司算了。

「人在遠方，蟬沒有和唱⋯⋯呀啊啊啊啊！終於完成了！死裡逃生！阿健，現在已凌晨 3 時多了⋯⋯與其回家睡一兩個小時又要再回公司，我提議今晚睡在展示室好了。」

「但是今晚很冷咧！是入冬以來最低溫的一晚⋯⋯我又不想借用 Andy 哥的睡袋⋯⋯」

「兄弟放心！跟我過來！」

番實帶領著幾乎站不穩的阿健走到萬聖節房。他笑瞇瞇地指著放於房中一角，兩副等身大的西洋式棺槨，是吸血鬼德古拉伯爵睡的那類型。

夜眠 ⬤ 棺槨

「你的意思是我們今晚睡在這種棺材中？」

「Exactly！不要少看它們哦！很暖和的！這是去年『新美』結業前交付到我們的萬聖節樣板。它既可作為萬聖節裝飾，亦可作為睡袋之用哦！而且你看，棺材蓋上留有一扇窗可以開合，作通風之用⋯⋯不說那麼多廢話了！我很累，先睡了⋯⋯還有，記緊睡前要去關燈。晚安⋯⋯」

說罷，番實便跳進棺材中，合上棺材蓋。睡死去了。

「嘎嘎嘎嘎嘎嘎嘎嘎！」
「嗚嗚嗚嗚嗚嗚嗚嗚嗚嗚⋯⋯」

阿健迷糊地去關掉了展示室的電源，回到萬聖節房時又觸動了 Halloween Path Marker，使它發出嘎嘎的刺耳怪叫聲。這回他已不怎害怕了，一心只想及早去補眠而已。隨後，他亦躍進了自己的棺材，合了蓋，在他的意識消失前的一刻，他又有一個疑惑：「今晚不停聽到的嗚嗚聲是 Path Marker 發出的嗎？」

　　但是下一秒，他已沉沉睡了。他仍未察覺到詭異的
事情已經發生於他身上……

　　當晚，兩人「安祥」地入夢了。

　　…………
　　……
　　…

　　「阿健！阿健，八時半，是時候起床了！」

　　阿健浮腫的雙眼微微撐開，他將他的黑框眼鏡架好
後，便看到番實在喚他起床。他接著瞄了瞄手錶，現在
的確是星期三早上 8:32AM 了。

　　「啊…啊……早安呀……昨晚睡得不太好……我好
像做了個極為真實感的惡夢……可惜一起身就忘記得一
乾二淨。」

　　「其實我也睡得不太好，昨晚隱約中好像有老鼠在
叫。不過算罷，希望今天可以順順利利，不用再OT得要
睡於棺材中，哈哈……」番實展露出一臉無奈的苦笑。

之後阿健依然想不起昨晚的噩夢，漸漸地便放棄了去追想夢中的內容。

加班　　補償

嚴重睡眠不足的阿健踏著浮浮的腳步，步出展示室後，他向著那禮佛製品廠的貨倉走。回過神來，竟發現自己已走進別人的貨倉了。這一刻，他才發現原來存放陰司紙的貨倉沒有想像中恐怖。突然間，他聽到身後有腳步聲傳來，回眸一看，是有幾面之緣的中年老頭。

「喂！小朋友，你不是對面公司的人嗎？來這裡幹甚麼？」

「對、對不起！我一時不為意走錯了方向，對不起，我不是有心的。」阿健尷尬地道歉後就急步離開。

「等等，小兄弟，其實我對你們公司的燈串有點興趣。可否賣一條燈給我？」

阿健記起老媽曾說過要為不久將到的冬至買陰司

紙，作祭祀用。他靈機一觸，便取出了前晚拿走的燈串。

「噢！這個真不賴！要多少錢？」
「那……你可以用一份冬至祭祀用的衣紙作交換嗎？」
「當然沒問題！多送一份給你又如何！」

阿健滿意地取走了陰司紙套裝，當作是前晚 OT 的小小補償。

早上 10:30，銀星公司的早會正要完結之際，經理 Steven 示意要求番實、阿健及 Benson 留下，一股不祥的預感襲向三人。

「番實、阿健，你們知不知道老闆看過了你們 K-Mart 的報價表後有甚麼表情啊？」Steven 以柔和的表情、和藹的語氣向眾人詢問。

眾人沉默不語，噤若寒蟬。

「老闆他的表情是這樣的……」Steven 的表情迅即轉成想殺人的兇狠表情，恰似由地獄專程而來索命的鬼差。

「你們知道嗎？老闆他今早八時撥了個長途電話給我，説你們計出來的價錢貴得離譜！你們沒有向供應商壓價嗎？大爺們，我們來年還用做生意嗎！？GM，妳是他們的 Supervisor，有甚麼解釋？」

「我一早對他們説過 K-Mart 是重要的客戶，要小心處理。可惜他們沒有照我吩咐做。」Supervisor GM 像是事不關己般蹺起了二郎腿。

Steven 的臉部變得更為猙獰，並轉向了阿健：「好，這個待會再談……阿健，你知不知道用你計算出來的包裝尺寸的話，我們要多付多少運費啊！？」

「這個之前有問過 Steven 你如何處理的……我只是依循你的建議去做而已……」阿健輕聲地回答。

「阿健啊，唉！你來回答我，我們公司在第幾層樓？」

「六樓……」

「好，那麼我現在命令你由窗口跳下去，你跳不跳？答我。」

「會死人的……所以我不會跳……」阿健一臉無奈。

「就是嘛！你不會明知我叫你死你就去死的嘛！我之前教過你，凡事行動之前都要理性地用腦袋分析一下，要靈活一點。你顯然沒有這樣做！阿健，Trust me！你要信我教給你的東西……」

這個加時的處刑會議直至中午 12 時才告終結，阿健等人由會議廳出來時垂頭喪氣，因為今晚的 OT 已是勢在必行的事了。

終於到了午飯時間，阿健和眾同事們又再度聚集一起七嘴八舌地抱怨管理層荒謬絕倫的管理手法。

「嘖，GM 她真是過份，明明人家只是負責船務而已，竟然要人家 OT 幫助整理展示室。而且啊，就算清潔嬸嬸幫我清潔了一遍，座位仍然有死老鼠的臭味傳出，教人家如何工作啊……」Cecelia 扁起了嘴。

「那個混帳她今早開會時直接拿我們一組人當擋箭牌了！明明她甚麼事情也沒有參與，有黑鑊時就只會卸給我們來背！」番實憤懣不已，只好拍桌宣洩。

「反正大家工作壓力如此巨大，不如就苦中作樂，今晚舉行捕鼠大行動吧！而我們活捉老鼠後，將它藏在

那神憎鬼厭的 GM 座位邊的箱子，如何？使我們OT的罪魁禍首就是那頭老鼠及 GM，我們可以一次過報這兩個大仇！」阿健激動地作出了提議。

眾同事舉腳贊成。

「我的睡袋已變成那樣子了⋯⋯勸你們不要留太夜了。」Andy 哥低調地道，然而似乎沒有把興奮不已的同事們當作一回事。

於是，又過了下班時間。已經九時多了。只有阿健及 Cecelia 參加了捕捉老鼠行動。但可惜，找了大半個小時仍然找不到半頭老鼠。

突然，於展示室中，阿健聽到有吱吱的叫聲，便即時前往探查其源頭。叫聲愈來愈近，只要拐個角就到了。然後，他拐了個角，一見發⋯⋯不是財，只是一臉錯愕，拿著捕鼠器的 Cecelia 而已。

「喂呀，怎麼會是阿健你？老鼠呢？」
「我也不清楚，我亦是聞聲而至而已。」

尋鼠不果，兩人不歡而散。阿健打算去展示室的

廁所方便一下才回去辦公室繼續 OT。在他清洗雙手的同時，吱吱的疑似老鼠叫聲又再度傳出。他即時奔出廁所，在通道遠方的燈下看到一個黑影迂緩地轉彎走進了萬聖節房。

「可惡，難道比 Cecelia 捷足先登，比我早一步捉到了老鼠？嗚呀！我的捕鼠獎金要泡湯了！！」阿健認為那是Cecelia，便即時追上去。

可是，當他抵達了萬聖節房時，卻發現內裡已空無一人了。只有被阿健觸動了的 Halloween Path Marker 發出的嘎嘎聲。阿健百思不得其解，認為可能是連日OT以致出現幻覺。他無趣地打道回辦公室。途中，於走廊上，他看到 Andy 哥在離開辦公室，下班去。

求生 ◉ 本能

「嗨，Andy 哥請問有沒有看到 Cecelia？她好像抓到老鼠了……女兒人家竟然不怕老鼠，真是極之佩服她！」

「Cecelia 她幾分鐘前就已經離開了。看她一臉沒癮，應該沒有收穫。」

「是嗎⋯⋯對了，你可以這麼早下班，真羨慕你呢！我們還要去佈置好展示室。因為下星期的報價週對公司很重要，要趕在今個星期內完成⋯⋯」

Andy 哥依然一臉平靜，冷淡地道：「其實你也可以不用OT的。公司不會沒有了誰就會倒閉。在這公司⋯⋯社會，人人都只會是一個齒輪而已。任何人都可以被任何人所代替。我們的生活模式早已被社會上層的領導者們安排好。我們捨棄作為『人』的身份，放棄夢想而成為一個齒輪，這麼拼命，不惜一切地去完成工作，到底是為了甚麼？

是為了促進社會繁榮？或為了達成股東貪婪的野心？還是為了滿足無知消費者的慾望？我看通通都不是。一切都只是為了讓自己可以生存下去而已，我們只是在順從求生的本能而已⋯⋯而這一切都已早被別人決定好了⋯⋯」

說到這裡，Andy 哥終於停上了滔滔不絕的發言。因為升降機已抵達了六樓。這次對話推翻阿健對Andy哥沉默寡言的印象，他默默地目送Andy哥步進升降機。

　　阿健邊低頭沉思 Andy 哥的話語，邊步回自己的座位。即時聽到來自番實的抱怨：「唉！今夜還有很多工作未曾完成。你看 Benson 那渾小子，剛才吃飯時喝了足足一枝紅酒！現在醉得不省人事。」

　　阿健望向 Benson 的位置，看到他正俯伏於桌上。在發出夢囈：「公司……絕對有……存在……我可以……保證……」

　　時值晚上十時半，Benson 的酒氣已漸漸消退，已經清醒過來了。於是番實便率領阿健及 Benson 去佈置展示室。

　　阿健與番實默默地為牆壁掛上繞成不同的形狀的七彩繽紛聖誕燈飾。這是一項費時的苦差，就如搭建棚架般累人。

　　阿健想起剛才 Andy 哥的一席話，便開始感懷身世起來：「為甚麼有些人甚麼也不用做、每日準時五點下班，就可以拿取比自己高數倍的人工。為甚麼有些人可以做自己真正想做的工作，為夢想而拼命。看看自己……我只是在領取微薄的工資、加自己不想加的班、被人當成是奴隸般呼來喚去……所謂夢想早已被倉促的

日常工作壓碎成灰燼，吹散於維多利亞港了。」

阿健按捺不住，便向身旁的厚實上司詢問：「番實，你告訴我，我們還要OT多少夜才夠？」

番實停止了手上的工作，一臉認真地回應：「老友，我們努力工作，甚至OT，都是為了不被社會淘汰而已。在汰弱留強的社會就是這樣。我像你這個年紀時，公司派了我去大陸分行工作。當時我看到的是遍地高學歷的國內精英。他們每個表達能力比你高、說英文比你流暢、腦筋比你靈巧、心思比你細密……而且人工只是你的四分之一！

但是你，甚至我們，只有一個比他們優勝的地方，就是對工作認真的態度！我們對工作負責，無論如何OT都要辦妥應要完成的工作，這就是我們的價值！夜了，不多說，你看，那枝射燈像是壞掉了，你去雜物房拿替換的出來……順道看看Benson的工作進度……」

阿健一時無從反駁，只好如喪家犬般逃往雜物房。幾刻後，他便站在雜物房外，看到房門被打開，陣陣腐臭味於房中飄出。他往昏暗的雜物房探頭，便看到有一高大的背影，那背影慢悠悠地轉身……原來是Benson。

　　臉上仍帶有幾分醉意的 Benson 被阿健嚇了一跳：「喂阿健你走路沒聲的嗎！？真的給你嚇了一跳。你來得正好，剛才呢，我走過來拿梯子時，不知是否醉意未清，竟然看到一個黑影走進來……當我進來時那人卻不見了！」

　　「你說甚麼？我今夜較早之前都好像目睹過類似的情形！難道真的如你所說般公司有那個屍袋出沒？說起來最近怪事頻頻……」

　　Benson 神氣地於褲袋中掏出了一枚泛著銀光的十字形金屬：「老子現在甚麼邪靈也不怕了！你看，這是牧師送給我的退魔十字架！很想要吧！」

　　「不跟你胡扯了！番實是叫我來看看你的工作進度……」
　　「先等等，我要用梯子爬上去我座位上的假天花去看個究竟。因為呢，時常有腐臭味的水從上方滴下來……」

　　阿健亦覺得好奇，所以便跟了 Benson 去一探究竟。

　　「喂，阿健你扶穩了沒有？我現在要上去了……」

Benson爬上了梯子，搖搖欲墜，向下方在扶著梯子的阿健嚷道。

「你先顧好自己吧！高空工作易生意外。呀呼⋯⋯快點吧，我倦了⋯⋯咦？你拿著公司的拍攝樣板用的攝影機來做甚麼？」

「哈！當然是拍一拍假天花上有沒有老鼠出沒！Steven不是常教訓我們甚麼事都要有白紙黑字的證明嗎？如果拍到了老鼠的話，便有證據，可以要求Steven請滅鼠公司來了。」

「咚咚咚咚⋯⋯」

事有湊巧，假天花上即時響起似是有物體作動的聲音，由遠至近而來。

「好機會！It's a chance！」Benson迅速爬上梯子頂端，將頭首及攝影機探進假天花上。

然後，整個辦公室沉寂下來。阿健傾聽著光管所發出的細微的滋滋聲，看著上方一動不動的Benson。然後，幾秒過去，他忍受不住這種不尋常的異樣氣氛，開

口問道：「有老鼠嗎？」

Benson依舊沒有反應。

「喂Benson，怎麼了？上面到底有……」

阿健仍沒有發問完，便目睹Benson所穿著的淺灰色西褲的褲檔位置有一處被染成深灰色，深灰色慢慢擴散至褲管……繼而散發出微微混合了阿摩尼亞及酒精的怪味……Benson的雙腳漸漸抖震起來。

之後，Benson的驚呼聲響徹了整個辦公室。

「嗚呀呀呀呀呀呀！！！救命啊！！！」

他那似是受驚過度的雙腳於凌空亂踢一通，還將措手不及的阿健連人帶梯踢倒於地上。

枯 ⬤ 手

　　由於OT了數天而睡眠不足，以致腦筋比往常遲鈍不少，摔坐於地上的阿健只有張口結舌地呆望被懸掛於半空中「手舞足蹈」的無頭Benson。他並未來得及弄清眼前所發生的怪誕事件。直至他隨後聽到Benson嚎叫：「阿健健健！救我呀！！我的頭被它掐著了呀！！好辛苦呀！！」

　　他終於意識到事態的嚴重性。先不理會是甚麼因素令Benson被吊於假天花，這樣下去的話，Benson有機會真的會成為「掛臘鴨」的……

　　阿健沒有理會Benson的褲管沾滿尿液，緊抱著他的雙腳，使勁地往地下拉，試圖將他扯下來，可惜徒勞無功。

　　難道要眼睜睜看著同事變成臘鴨？不。直覺突然告訴阿健要找一些發出光芒的東西來……

　　「對了！那一枝番實要我找的後備射燈！」他火速

地拿來射燈，駁上電源，向假天花投射光線。

　　3.5W功率的強烈射線照亮了假天花上的黑暗處，阿健驚見有一雙恰似枯樹樹枝的「手」在死死地掐著Benson。退一萬步來說，那不可能是老鼠，更不可能是屬於活物的手。

　　「嗚吱吱吱吱！！！」

　　一聲不祥的怪叫聲突然傳出，同時那對怪手便縮回了。Benson猶如被玩厭的洋娃娃，被怪手放開，無力地跌落於地上，昏厥過去。他鐵青的臉上可以清楚看到數條血紅色的爪痕。

　　「喂！到底發生甚麼事了？Benson醒一醒……」阿健不停拍打Benson的臉頰，他的眼睛終於微微睜開了。可是當他的眼睛完全睜開後，第一個反應就只有驚叫。

　　「嗚呀呀！我看到它了啊！我記起了……星期一晚在公司OT過夜的事……」

　　然而他的語氣並不似是對阿健說的，反而比較像是自言自語。當他說到：「在公司OT過夜的事……」時，

他的眼睛撐開至極限，更即時推開了阿健，惶恐地跑起來，奪門而出。阿健見狀本想跟上他去問個究竟，但當他追趕Benson時，不幸地被他搬來的射燈電線絆倒了。之後他重整姿勢追出辦公室外的走廊時，只見到被蒼白的電燈照著的電梯間，已不見了Benson的影蹤。

阿健下意識地仰起頭望向辦公室外那閉路鏡頭，漸覺有甚麼東西正在透過它在窺視著自己。

呆站於走廊上，阿健將所有奇怪現象串聯起來，詭異的感覺由心底源源不絕地湧出。他那因長時間工作而麻目了的情感被恐懼刺激起來。

洛夫克拉夫特的說過：「畢竟人類最古老而強烈的情緒，便是恐懼，而最古老最強烈的恐懼，便是對未知的恐懼」。阿健覺得恐懼是因為他想不出剛才死拍著Benson的怪手到底是甚麼東西。

就在阿健呆立期間，一隻偌大的手掌從後拍下了阿健的肩頭。他戰戰兢兢地回頭一看……一見發……不是財，是怒目相向的番薯，似乎在責怪他擅離職守。

於是阿健費盡唇舌去向怒氣未消的番薯痛陳剛才在

辦公室所發生的詭譎事件。但卻無補於事，因為番實根本不相信，只當他是一派胡言：「哪有甚麼鬼存在！？Benson那渾小子根本沒有認真OT的意欲！你看他明知有工作未完成仍要喝得那麼醉就明白！」

「但是我真的看到假天花上有雙怪手抓住了Benson！我用射燈射了它一下才將他救下來……」

「夠了，不用再編故事出來騙我了！Benson藉故逃回家是明顯不過的事實！現在已經很晚了，再不快點佈置好展示室的話明天就真的輪到我們活見鬼了……來，工作工作！」

上司的命令是絕對的，阿健只好深深不忿地繼續陪同番實工作。然而工作之餘他並沒有忘記剛才於辦公室中發生的一切，不禁對辦公室產生了忌諱，盡量避免獨自前往。他暗地裡立誓明天要查明這事件的始末。

展示室的佈置工作終於踏入尾聲，阿健感覺到身體累得快不屬於自己的了。望一望G-Shock錶面的螢光數字，又是凌晨二時多了。

「喂，工作辛苦了，接穩！」番實向阿健拋來一包

維他菊花茶。

　　大口大口吸吮著菊花茶的阿健，方知道原來OT過後喝的維他菊花茶足可以媲美一杯82年出產的醇酒，難怪番實工作及OT時仍可甘之若飴了。

　　「噢……又兩時多了……這個時間沒有巴士，又很難截到的士，不如在展示室多過一夜，明早才回家洗個澡，休息一下吧。我會向Steven申請放我們半日假的。」番實一口吸乾手上的菊花茶，向阿健建議。

　　阿健直是求之不得，因為他睏得連站立著也能入睡了，甚麼都好，睡覺大於天，這是生物的本能。之後他拖著有如喪屍的腳步，回歸到昨天睡過的西洋式棺材中，不消一秒就失去意識。

　　…………
　　……
　　…

　　「明明我已晝夜無間踏盡面前路，
　　夢想中的彼岸為何還未到……
　　明明我已奮力無間天天上路，我不死……」

　　電影《無間道》的主題曲伴隨著陣陣因震動產生的悶響從阿健的褲袋傳出。

　　睡眼惺忪的阿健無力地打開棺材蓋，半坐於棺材中，掏出口袋中的Moto Defy電話，揉了揉浮腫的眼睛，戴回黑框眼鏡，發現屏幕上竟然顯示出來電者是Benson。

　　「喂……Benson？喂喂……是Benson嗎？我有很多問題想問你……喂？」

　　「阿健，你先回……喀…我，你現在是否……吵……回家了？」

　　「不啊！托你的福，我今晚又要OT至夜深，又要留在公司過夜……喂？電話信號接收得不怎好……」

　　「吵……那就糟糕了！」
　　「我當然知道糟糕！連續三天OT！」

　　「不是這種糟……吵吵……我漏夜找過牧師告解剛才的……吵吵……怖經歷。他回答我那……吵喀……是撒旦派來人間作惡的東西。它現……喀喀……是因為被我們OT時所產生的怨念所吸引而來……吵……」

「是不是撒旦派來的東西不是重點，我們不是都目睹過那怪物了嗎？你連夜打電話來的目的應該不至於此吧！」

「你聽好……吵……我記起星期一晚我在公司渡夜時的……喀喀……吵……當時被……吵……弄醒了；我感覺……喀……連人帶睡袋被人緊緊抱……吵……那是…喀……屍袋……吵喀……腐臭……吵吵……」

吵吵吵吵吵吵……

「喂？喂喂？完全聽不到你在說甚麼……喂？Benson喂？」

Benson的聲音伴隨著電話訊號的中斷而完全消失。當阿健打算重撥電話時，竟發現Moto Defy電話又再度當機了，它防水防塵防刮，卻不防當機。他失望得搖頭嘆息：「這台價值$3380的三防電話又再度於緊急關頭故障了……我發誓一輩子也不……」

阿健的誓言未來得及完成，他的嘴巴便被僵住了……因為他搖頭時，於幽暗中，不幸目睹了一些不應在這種時間看到的異樣事物……

番實下榻中，那個離自己數米之遙的棺槨上，正有一個像是扭曲了的人形屍袋⋯⋯它伏在棺材蓋之上。它由袋中慢慢地伸出呈扭曲狀恰似枯樹樹枝的「手」⋯⋯是只有三根似曾相識的細長的手指⋯⋯它們在試圖撬開棺材蓋⋯⋯它，終於徐徐地竄進棺槨裡。

曠⋯⋯喀噠。

棺材蓋隨後便被蓋回，萬聖節房中一切彷彿回復尋常的模樣⋯⋯

登時，昨晚埋於阿健腦海奧處的那個惡夢，一段回憶的種籽，終破土而出。於他狹隘的心房茁壯長成一株使人充滿不安、恐懼、戰慄及懾人魂魄的巨大妖花。他的內心被它撐得滿滿，再也不可能容納一絲理性的思考，腦袋一片混沌且空白，雙腳由於心理因素而變得麻痺起來。

他沒有即時逃離這個不祥之地，反而悄然躺回棺材中，合回棺材蓋。這不是故作鎮定，而是已害怕得動彈不得，草木皆兵，稍稍再有輕微聲音出現，就足夠將他嚇得魂飛魄散。他在腦中將Benson、自己及現在發生於番實「身上」的詭異事件重疊複合起來。

　　心中只有一個想法：「公司中，的確有一些不屬於世上的詭異事物存在⋯⋯」

　　當人克服不了聳立於前方的恐懼時，就只會選擇設法逃避這一途。而對於阿健來說，此際最為方便的逃避方法，就是乖乖的緊閉上眼逃進夢中。以另一個角度而言這叫作坐以待斃。因為以他在發麻的雙腳而言，實在沒有其他更好的選擇了。

⋯⋯⋯⋯
⋯⋯⋯
⋯

可怕　　人類

　　「阿健⋯⋯阿健，八時了，是時候起床了！」

　　阿健浮腫的雙眼又再度微微撐開，他看到一名身材厚實的男子在喚他起床。他小心翼翼地起身，盤坐著，瞄了瞄喚他起床的番實。番實的樣子和平常沒有甚麼大分別，唯一不同的地方是黑眼圈比昨天變得更明顯了。

「番實……昨晚……你睡著的時候有沒有覺得有任何異樣的感覺？或是有沒有看到甚麼不妥的東西出現？」

「一大清早你在說甚麼？我只知昨晚睡得不太好……在作惡夢。你……難道你昨晚趁我睡著時對我做了甚麼變態的行為？噫……變態仔……」

面對若無其事地說冷笑話的番實，阿健語欲無言且覺得實在心寒不已，只好拋下一句「沒甚麼。」後便急步離開。

於升降機口前方的走廊，嗒嗒的響聲迴盪不已，一雙殘舊皮鞋在沒有節奏地踩著地，這是焦躁得一反常態的阿健的表現。他認為如果再不去正視眼前的詭異事件的話，遲早會出事的……不，嚴格來說其實事態已經到了極為嚴峻的地步！

他剛才離開前曾向Steven及GM報告過這幾晚OT時所發生過的一切不可思義現象，可惜只換來一番教訓：「你不想OT至三更半夜，我可以體諒，但你可不可以不要編如此荒誕的故事來妖言惑眾呢？現在正是公司來年業績的關鍵期啊！」

　　阿健認為「人類」可能比他曾目睹的詭異事物更為可怕，因為大難臨頭依然可以視若無睹！他絕望了。

　　在他絕望的同時，升降機那老舊得快要被汰換的門在緩慢打開。一個一面冷漠表情的人自在地步出升降機，阿健瞟了他一眼，發現原來是Andy哥。

　　「Hello，Andy哥……」
　　「……你又和番實通宵OT了嗎？一臉憔悴的樣子。」
　　「又不算是通宵OT……只是遇到一些難以令人解釋的東西……不過說給你聽你也不會相信的……算了。」

　　「我最怕麻煩的東西，你的確甚麼也不用對我說。但是，如果是和新美有關的話，我可以說句——欠債還錢，是天經地義的。你可以由舊伺服器中看一看舊帳、舊郵件……就是這樣。」說罷，Andy哥又瀟灑地撥動了劉海，活像梁朝偉般踏進辦公室。阿健只有呆望他背影的份，想不通為甚麼Andy哥好像知道一些和新美有關的內情的樣子……

　　因為有半日補假，下午兩時半才需要上班。在家休息過後，阿健把握時機，去電話代理商修理那台不可靠的Moto Defy電話。下午兩時多，他一臉沒趣地回公司去

了，電話的事令他差點忘記了在公司OT所發生的怪異事件。而且辦公室內各個同事都顯得和平常一樣——番實依舊在熱心工作；Cecelia依舊在抱怨座位上有臭味；管理層依舊在開會、開會及開會。唯獨是Benson，他請了病假。

突然間，番實緊張地站起身，向阿健道：「糟了！我記起一樣極為重要的事啊！」

「你是回憶起昨晚的事了？」

「不！老闆前天開會時曾要求我們裝飾好展示室後，要去拍影片給他看，但Benson沒有上班，我們要頂替他去拍影片了啊！快去拿攝影機來。」

「慘了……昨晚Benson將攝影機攜上了假天花上，出事之後就不了了之……」

「唉！真是沒有辦法，阿健，快去拿梯子來，我親自爬上去取回攝影機，看我證明根本沒有怪事存在！」

面對充滿自信的番實，阿健沒有甚麼好說，只好順從他，默默地抬來梯子。

接下來，番實矯健地爬上最高處，揭開假天花，和
Benson 一樣將頭首探進假天花上，和 Benson 一樣一動不
動。阿健回想起昨晚的可怕經歷，便問道：「有…有甚
麼東西？」

番實將頭縮回假天花下，一臉滿意地道：「找到攝
影機了！另外，臭味的來源已經真相大白了。」

阿健一臉詫異。

拿回攝影機之後，番實戴上膠手套，小心翼翼地將
一塊又一塊發出噁心腐臭味的動物殘肢從假天花上拿下
來。細看一下，嚇然是被啃咬過的老鼠屍體。

阿健半信半疑，因為昨晚看到 Benson 的而且確是被
怪手抓住的！他便看看攝影機有沒有拍攝到甚麼進去。
看過只有漆黑一片的錄影片段後，他的心情有點複雜。
一方面他覺得可惜，因為甚麼也沒有拍攝到；另一方面
他覺得幸運，因為不用再目睹駭人聽聞的怪物。擾攘一
番後，有關 OT 的詭異事件，終在證據不足之下，被「官
方」斷定為有老鼠在作怪而已。

如是者，阿健又 OT 至晚上，纏人的工作方告完成。

望了一望 G-Shock 手錶，現在已是星期四晚上九時。他伸了下懶腰，才發現所謂的客觀時間真的只作參考之用，因為由星期一至當下，他覺得自己只度過了一天而已。再望望四周，原來差不多所有同事都已下班了，他亦打算趁怪事未發生前離開。

突然，他停了下來，滴下了他當晚的第一滴冷汗。

「喂，阿健，怎麼一動也不動了？我不等你了啊。」在收拾行裝中的番實在發言。

「這回糟了！我發現今天做的報價表上的產品圖都錯了！」

「噢⋯⋯我今晚佳人有約，現在一定要走了。那麼報價表的修正就靠你了！你已經長大了，我相信你一個人可以辦得到的！再見，加油吧！」

獨自留在辦公室的阿健有種錯覺，以為世界上只剩下他自己一人。因為那裡實在是寂靜得令他心寒，而引致他心寒的原因，正正是擔心這種死寂會被詭異事物所打破。他此際正設法驅除心中的畏懼，突然回憶起今早 Andy 哥的一句話——「欠債還錢，是天經地義的」。

一言驚醒，他再認真回憶一下，發覺一切怪事的開端都是由於Benson收了新美寄來的樣板開始⋯⋯

不，更準確而言，是收到新美寄來怪異電郵後開始，他立即翻查置於舊伺服器中的舊電子郵件。

「找到了！」

阿健終於找到了一封約年多前新美寄來的電郵，內容是說由於生產困難，樣板單140666A中的人形萬聖節擺設樣板需要延期交貨⋯⋯他漸漸覺得「真相」愈來愈近了⋯⋯

「叮噹⋯⋯」

門鈴在這不恰當的時機響起，打破了寧靜⋯⋯阿健先是被嚇了嚇，再望向連接閉路電視的黑白色電視屏幕，再被嚇了一嚇。

有一陌生人唐突地出現於屏幕上，他的背駝得極為誇張，而且呈半透明狀，呆立於辦公室門前。然後，吱吱的疑似老鼠叫聲又再度由假天花傳來。

「怎麼辦怎麼辦怎麼辦！？」

阿健心驚肉跳⋯⋯因為不可能存在於世上的事物確確實實地出現了。

前無去路，後有追兵，在阿健快要絕望之際，他似乎又急中生智了。他拉開座位的抽屜，有一份之前作為加班費而得到的陰司紙套裝。

「欠債還錢，是天經地義的⋯⋯只要還錢給新美就應該沒問題了吧⋯⋯我拼了！」

阿健以抖震不已的手拿起陰司紙套裝，心驚膽戰地前往公司大門。

門開了，阿健只敢垂著頭，緊閉雙眼，遞上陰司紙套裝，不敢正視前方的半透明的駝背漢，靜待時間默默地流逝⋯⋯

欠債　⊕　還錢

　　真的不知過了多久，阿健微微張開眼，發現「眼前人」及手上的陰司紙套裝已一併消失得無影無蹤了。他鬆了一口大氣，但仍不敢怠慢，立即返回辦公室中，因為他極度害怕發出吱吱叫聲的扭曲人形異物在等他回去。萬幸，辦公室又回復到寂靜中，只有尋常的事物存在而已。他的心情一片晴朗，因為一切詭異的事物都已消失掉了，他反而有點後悔當時沒有拍下震撼的一幕。

　　危機解除，累積了數天的倦意即時向阿健襲來，他決定先小睡一覺……

　　…………
　　………
　　…

　　阿健又再度微微張開眼……才知道自己一睡便睡了三個多小時！

　　「糟了！已經是凌晨一時多，得趕工才行！」結果

他差不多到了凌晨二時才完成報價表的修正。然後，他便匆匆地趕去為展示室關閉電源。

手把被往下一拉，展示室又回歸黑暗。阿健手持著乾電池驅動的小燈串離開。當他快要步經萬聖節房時，他已作好心理準備接受Halloween Path Marker所發出的嘎嘎叫聲。

然而，預期中的嘎嘎聲沒有出現，取而代之的是吱吱的怪叫聲……同時間，從手上燈串所技射出的微弱光線中，他嚇然看見一個扭曲了、黑色的人形屍袋佇立於大門……

「！！！」

阿健腦海又一片空白了，他只是本能地向著展示室大門的反方向跑動，直至跑到盡頭，將自己反鎖於廁所中。

就這樣，他陷於進退兩難的窘局了。

面對著男廁門外鈍重的腳步聲、深沉的呼吸聲，他接近崩潰了，竟然自暴自棄地拉開廁所門，反正都要由

窗逃出去，何不妨先看個究竟才逃。

終於，一見發財。

一開門，是一個扭曲了的人形異物。那恰似枯樹樹枝的雙手緩緩地由屍袋伸出了。然後，那雙手逐一逐一地撕去身上的膠袋，一副極為怪異的「面孔」呈現於那狹小的廁所門口。

它的「面孔」呈左右不對稱狀，蓬亂的頭髮披於那不甚明狀的頭顱上。無論從哪個角度看，也看不出這是否屬於「人」的臉孔。它正將一口又一口新鮮的腐敗氣息唅於阿健那張面無血色的臉上，阿健雙腳一軟，即時癱坐於地上。他這刻竟然還在慶幸自己沒有喝水，才得以逃過因驚嚇過度而失禁的命運……

人形異物將它的頭顱緩緩地湊至阿健面前，和他面面相覷，用冰冷如雪的手抓著他的臉頰。竟然發出了有別於吱吱的怪聲……

「Ha…llo…ween……treat……Me…Mer…ry…Christmas……」是萬聖節快樂及……聖誕快樂。

隨後，人形異物竟然鬆開手，緩慢悄然地往沿路走回去⋯⋯

現場，不，整間銀星國際貿易有限公司，只剩下魂不附體及一臉茫然的阿健而已⋯⋯

⋯⋯⋯⋯

⋯⋯⋯

⋯⋯

自當晚極為震撼的事件發生之後，銀星國際貿易有限公司的日常並沒有任何改變。OT依然是司空見慣的事情，番實依舊是個無神論的工作狂；Andy哥依舊是公司中最高深莫測的人；Cecelia依舊不時投訴座位仍留有輕微腐臭味；Steven及GM依舊在開會及開會。根本沒有人願意去相信阿健及Benson口中提及的詭異事件。

又或者，根本大家心中都早已知道曾有這麼一件事件發生過，但為了生計而選擇了無視這一途。無論天崩地裂了也好，有妖魔鬼怪來犯也好，只要是事不關己，便只會自掃門前雪，一心勤奮地為自己生活拼搏，這就是所謂的香港精神了。

　　阿健認為這無理的OT文化，及那種都市人事不關己己不勞心的冷漠態度，才是最恐怖、最詭異的事物。

　　阿健望了望鐘，再看了看新傳來的電郵，便苦笑了一下。因為，今晚仍然是要OT。

陸

棚

詭異日常事件

　　阿興終於講完他的故事，一口氣喝掉一罐Asahi Super Dry啤酒。

　　「喂，阿興，這樣就說完了嗎？阿健之後如何？」我大惑不解地追問剛說完故事的阿興。

　　「對噢……詭異的事件往往就是這般難了解它的來龍去脈的。至於阿健，我只知道他已轉工了。」

　　「生活在香港這忙碌都市真可悲……連明知有鬼怪出沒亦要硬著頭皮如常工作……對了，我有個疑問，那位Andy哥甚麼來頭？他好像有意無意間都在透露玄機似的……」阿強搔著頭在問道。

　　「對喔，這種深藏不露的人絕對知道事件背後的隱情……」我亦對此號人物好奇。

　　然而阿興只是笑而不語。

　　「夠了，你有你賣關子的自由。現在輪到我壓軸表演了！你們聽好了，千萬不要被我說的故事嚇得屎淋尿瀨啊！」阿強充滿自信。

「這是我一個不堪回首的童年陰影⋯⋯是發生於我家,和棚架這種隨處可見的日常事物有關的詭異故事。」

終於,阿強的「壓軸表演」現在開始了。

10歲的阿強是個街坊街里都眾所周知的頑童。由於早年父母離異的關係,由懂事開始都是和父親及比他年幼一年的妹妹同住。雖說是和父親同住,但由於其父親任職廠長,長時間身處國內的工廠工作,一家人聚少離多。可能是自幼缺乏父母愛的關係,以致阿強個性頑劣得好比《麥田捕手》中離經叛道的主角霍爾頓。

他的惡作劇街知巷聞,層出不窮。由將不同住戶郵箱中的信件來個大交換,以至塗鴉老人家門前的「門口土地神主牌」都有幹過。就在他剛升上五年級的時候,一件怪事發生了,徹底改變了阿強乖僻的性格。

阿強那位於大角咀的唐樓已被幽綠色的尼龍網及淺黃色的枯竹包裹著,有如被攀藤植物依附著的峭壁岩一般。這是為了要修補石屎剝落外牆的維修工程而築起的棚架。對一般居民而言,都不會喜歡長期被這種陰陰森森的東西架於自己窗外的。可是對於甚麼東西都可以玩樂一番的阿強的來說,這儼然只是個巨型版的遊樂場攀

繩網陣。他已經試過有幾晚半夜由窗戶攀出到棚架，玩蜘蛛俠角色扮演遊戲。

　　一切的開端，就是在颱風來臨前夕那個熱夜開始……

　　「渾蛋張國強！我知道你昨天又偷看我換衣服了！你的好妹妹已告訴了我。這回定必要你死翹翹，下次待你那『惡』名昭彰的老爸回來時，我一定對他告狀說你年紀輕輕便當上了色狼！看他如何炮製你！」

　　身穿一襲旗袍式校服的女中學生邊領著一男一女的小學生回家，邊聲色俱厲地向當中的男生訓斥。她名叫詠詩，是阿強同住於8樓的鄰居。由於長時間不在家，阿強的父親委託了有託兒經驗的鄰居唐師奶，托管阿強兩兄妹。而詠詩則是唐師奶的女兒，時常幫忙照料他們，就在今天下午，她放學後到了補習班去接那兩兄妹回家。

　　「哥哥你可不要怪我喔……『色狼是女孩子的公敵呢。』住在6樓的Cherry姐姐昨天教我畫畫時向我說的。」阿強的好妹妹——強妹在得意兼老成地宣示出她供出兄長劣行的正當理據。

　　惡行敗露，阿強本想責難於那個搖身一變成為污點證人的好妹妹，但他與霍爾頓一樣是愛妹狂，不忍心責備自己可愛的妹妹，只好鼓起腮，深深不忿地死撐：「我才不怕他！世上沒有我會害怕的東西存在！因為我是 Peter Parker！」

　　為了宣泄心中的不快，他決定今天晚上再去玩蜘蛛俠遊戲。不過玩之前，下午時一定要低調點，以免令詠詩姐姐及唐師奶起疑。

風暴　　來襲

　　下午，詠詩在沙發上閱讀著《YES!》週刊；強妹在桌旁埋頭著她的小學四年級數學工作紙；阿強則在電視機前百無聊賴地看重播的卡通片。在他悶極無聊之際，廣告時段開始播放《新聞提要》。這令他精神為之一振，他今天特別期待新聞，只因為一個簡單不過的原因──颱風約克正在逐漸接近香港，這代表了明天有機會

因刮颱風而停課。

「各位觀眾午安，歡迎收看本節新聞提要。強烈熱帶風暴約克現集結於香港東南約650公里處。三號強風信號現正生效⋯⋯」

阿強雀躍不已，即時跑至窗前，打開緊閉了的玻璃窗。他抬頭望天，陰霾的雲層頻頻移動，稀少的途人行跡匆匆。同時，他亦感受著那陣陣悶熱且了無生氣的熱風。熱風吹拂著尼龍網，令它有如一面無時無刻都在飄盪中的薄紗，為一切薄紗內外的事物增添一份神秘感。

縱橫交錯的枯竹依然擔當著支撐大局的角色，儘管時而發出吱依吱依的摩擦聲，它大體上看來仍不為熱風所動。這種臨戰般的氣氛使阿強急不及待地在腦海中模擬將於今夜進行的蜘蛛俠遊戲，幻想著在搖曳不已的棚架上穿梭定必十分刺激！

一想到在棚架上穿梭，阿強不禁掛念起那個已消失了數天的新朋友「力蘇」。力蘇其實是一名負責外牆翻新工程的南亞裔建築維修工人。有回當阿強在玩電視遊戲時，力蘇恰巧於棚架上經過，並被遊戲所吸引。之後兩人竟聊了起來，說電子遊戲是男人的世界語言其實真

的不為過。此後，力蘇每逢下午工作的空檔時，都攀至
阿強家的窗外看他表演，而阿強為了不令專程來觀摩的
觀眾失望，都會更認真落力地玩遊戲。

　　而現在，阿強已有三天沒有看見過力蘇了。他前晚
曾在唐師奶和其他師奶聊八卦瑣事時，打聽到力蘇在棚
架工作時發生了不尋常的意外而受了重傷，已被送入醫
院。他又回憶起四天前最後一次和力蘇交談的經過。

　　「攀棚架真的很好玩呢！好，我今晚一於試一試由
棚架攀去天台吧！」
　　「你不要爬棚架，危險！」力蘇一臉認真地以生硬
的廣東話去告誡阿強。同時指了指上方的棚架。

　　阿強對此一笑置之。因為大人們都習慣對他説這樣
做危險、那樣做危險，他們愈是這樣説，他便愈有衝動
去做。雖然，他想不到對他説這番話的力蘇竟在翌日就
出了意外，但力蘇的意外根本沒有令他感到害怕或認為
攀棚架是件危險的事。

　　為甚麼？很簡單，因為他覺得自己是蜘蛛俠Peter
Parker。

在阿強沉醉於回憶中時，詠詩突然開始作出抱怨：「張國強，不要擅自打開窗啊。冷氣會漏掉的，現在已熱得姐姐我大汗淋漓了。」阿強沒有理睬她，便一溜煙地跑回電視機前啓動電視遊戲機。

之後詠詩去關窗時，才發現感覺到熱的主要原因不是因為開了窗，而是冷氣機已停止運作。而它停止運作的原因，就是導水管的出口被插進回了機身中，因積水引發了故障。這種惡作劇的始作俑者，不用猜也知幕後黑手是誰。

暗紅 　　 繩索

缺少了冷氣機的加持，阿強家漸漸變得悶熱起來。怕熱的詠詩終忍不住，要求轉移陣地至她家。強妹乖巧地跟上了她，可是阿強依然不為所動，繼續玩他問同學借來的電視遊戲《惡魔城——月下夜想曲》。

於遊戲中，他所控制的角色到達了一處名為「時計塔」的場景。畫面描繪出夜空中高掛著皎潔的新月。月亮時而被無時無刻流動著的暗雲掩蓋，大鳥如風箏般在

盤旋於時計塔四周。

他看到這一幕，便憶起暑假時父親送給他，取名為「朋友號」的風箏。他本來和父親約好，暑假時陪同妹妹一起放風箏的，奈何父親一直沒有空，放風箏的活動便不了了之，這使妹妹失望得於半夜中啜泣。現在，他認為時機已到，是放風箏的大好時機。

心動不如行動，他即時找出了朋友號了，再悄悄地到鄰居家找回妹妹，到天台的空地上放風箏。不一會後，他們就由位於8樓的家出發，往上走了兩層，到達了天台。在風起雲湧的天台上，他們開始了放風箏。

「阿妹，你抓好了，我數三聲你就放開朋友號。」
「哥哥快一點……我有點害怕……」強妹似乎並不太樂意在天台上放風箏，面上更露出了些許膽怯的表情，可能是因為父親曾千叮萬囑禁止她及阿強到天台上遊玩。

「不用怕的！既然那個沒有誠信的糟老頭沒空陪妳放風箏，就由哥哥陪妳吧！預備……1、2、3！飛吧！朋友號！」

棚架

強妹一鬆手,朋友號即被急風吹得在半空翻滾。不消一會,它的線便被扯斷了。朋友號向無邊無際的空中飛舞,終消失於暗灰色的天幕下。放風箏活動一開始便結束了。強妹一溜煙地回詠詩的家繼續做功課,阿強則接受不了,決定在天台上蹓躂一會才回去。他開始在天台搜尋可以為他解悶的東西。

他走到邊緣,看到有一根暗紅色的繩索被置於地上,這可能是建築工人遺下的繩索。它末端有一繩圈,像是卡通片中西部牛仔常手持著,用於捕獵的繩套。他便萌生起玩西部牛仔角色扮演遊戲,便拉起繩索。同時,他發現繩索拉不動,因為他的另一端是伸往於9樓的單位內。他不服輸,擺出如拔河般的氣勢試圖拉出整根繩索。

突然,唉唉聲從下方9樓的窗戶傳出,繩索被飛快地扯回9樓。緊握繩索的阿強差點來不及反應,假如再慢一秒放手的話,他便會被繩索拉落至棚架。他坐在天台的一角,驚魂甫定後,便施施然由天台走回八樓的詠詩家。他經過9樓時,猛蹬了9樓單位的大門一下,以報剛才那個險些令他喪命之仇。

晚上,只有阿強、妹妹及詠詩三人在家中吃外賣

晚飯。因為唐師奶臨時要回新界的娘家幫忙為菜田收割及做妥防風措施，明天中午之前都不會回來，唐先生則外出到澳門應酬客戶，短時間亦不會回來。阿強心中暗喜，因為今晚及明天都沒有大人在這裡，他可以為所欲為了。飯後，他便回到了自己家中繼續攻《惡魔城》，而強妹則留在有冷氣開放的詠詩家中看小說。

「哥哥，我現在去和詠詩姐姐睡覺了⋯⋯她叫我告訴你，如果你想今晚可以享受到冷氣的話就過去，有沙發可以給你睡。」強妹打開了門，邊揉著眼睛，邊告知哥哥乖孩子睡覺時間到了。快樂不知時日過，霎眼間已經是晚上11時了。

「知道了，你放下鎖匙，待我過了這關卡就會過去⋯⋯」這時，他看到妹妹呆呆地張開了口，面露訝異的表情，用手指指向窗户⋯⋯

「哥⋯⋯我剛才好像看見有一道人影⋯⋯可能是鬼怪在爬過棚架⋯⋯」

阿強便回首望向窗外，那裡並沒有出現任何異象，只有被風吹得作響的尼龍網及枯竹。接著他再走到窗前，探頭出窗外，亦沒有任何發現。於是他便語重心長

地向妹妹説：「這只是妳的幻覺而已。妳常常揉眼睛，有傷眼睛的。看，現在連幻覺都出現了，不許再揉了！」

之後，強妹留下了鎖匙便回去詠詩家。而阿強禁不住，竊笑了起來，因為他被妹妹啓發了——他決定待會爬棚架到詠詩房間窗前，假扮厄夜怪客，嚇嚇打算告御狀的她。

厄夜 　怪客

阿強拿了微型電筒，戴上了之前在學校話劇表演中得到的面罩，便利落地攀出到棚架。外面的風力果然已增強不少。風，正蕭蕭地刮起，棚架在輕微晃動著，尼龍網亦被撫動著，幽幽的街燈曖昧地照射出燈黃色燈光。置身於這種環境下，阿強感受到無比的舒暢感，認為這就是所謂的「自由」。然後，他的惡作劇要開始了……

阿強爬到詠詩房間窗前，一邊叩打玻璃窗，一邊以怪聲喊道：「唐詠詩……唐詠詩……唐詠詩……」如是者，幾分鐘過後，玻璃窗後的窗簾被拉開，阿強看到眼

惺忪的詠詩姐姐，即時以電筒照向自己已套上褐色面罩的臉部，同時發出駭人的尖叫。

「嗷嗷嗷嗷嗷嗷！」

「嗚呀呀呀呀！」詠詩慘被嚇得高聲驚呼及落荒而逃，立時奪門而出。而強妹卻並沒有被驚醒，仍熟睡於床上。

大仇得報，阿強心滿意足地爬回家中，藏起頭套，看晚間新聞扮演乖孩子。因為他料想到詠詩姐姐將會過來查看剛才會否是自己的惡作劇。果然，一想曹操，曹操就到。詠詩一面茫然地開門進來。

「張國強，你剛才有沒有聽到怪聲？」

「我一直都在這裡看電視，沒有聽到怪聲啊姐姐……只聽到妳剛才的尖叫而已。」

「我剛才看到有怪人爬到棚架上，之後更呼喚我的名字！」
「姐姐，這可能是妳的幻覺，你不要再自己嚇自己了。」

。棚架

....

......

...

　　詠詩一面茫然地來，又一面茫然地走了。阿強心裡暗喜：不愧曾在學校參演過話劇，看來自己相當有演戲天份！

　　「強烈熱帶風暴約克位於香港東南約600公里處，預料將進一步增強及接近本港。天文台不排除將改發更高級別信號……」風暴消息依然是晚間新聞的主題。

　　阿強興奮得快要跳起舞來。他決定今晚一定要見證到掛上八號風球的一刻才去睡。他拖著有如跳舞般的步伐走到窗前，想再度感受一下風帶給他的爽快感……就在這時，一件不尋常的事件發生了……

　　當他靠近窗前，便目睹有一道人形黑影在棚架由下至上爬動。他即時探頭出窗外觀看。一抬頭，赫然看見「他」從窗戶爬進了九樓的單位。

　　「在深夜爬棚架的傢伙一定不是甚麼好人……這難道是小偷？」阿強的小孩式正義感突然被喚醒，心態即

時由厄夜怪客轉變為蜘蛛俠。「我是正義的英雄蜘蛛俠Peter Parker！絕不放過利用棚架來盜竊的惡棍！」

阿強唸著《蜘蛛俠》卡通片主題曲，輕快地於棚架往上攀，愈來愈猛烈的風令他愈覺興奮。不消一會，他便爬到了9樓單位的窗戶前。張望了室內幾眼，內裡一片漆黑，屋內似乎沒有人在。他認為小偷可能是趁戶主不在家時，由棚架潛入別人家中盜取財物。

心中的英雄感開始膨脹起來，一時義憤填膺，便由敞開了的窗戶闖進那黑漆漆的9樓單位。當時他半點膽怯都沒有，只在幻想著如果遇到盜賊時，就用在電視遊戲《拳王98》中學到的各種格鬥技將他就地正法。

阿強入內，即時打開電筒，照向屋內四周先來視察一下環境。他發覺自己正身處於客廳中。屋內的家具都十分之陳舊，而且大都鋪滿了塵埃。那墨綠色的地板及掛在天花上的吊式風扇在訴說著屋內的時間，彷彿永遠停留於70年代似的。換言之，這裡極可能是長期被丟空的單位。

他隱約感覺到屋內根本沒有活人的氣息。「難道真的有賊嗎？」心中泛起了一絲猶豫，他下意識地往前走

了一步。突然，他感覺到好像踩到了甚麼異物，就用電
筒往腳下一看，原來是一根暗紅色的繩索，大概就是傍
晚時在天台的那根怪繩索。繩索在微微地抖動著，另一
端伸延至屋中的深處。這裡果然是有人居住的，因為正
有人在操弄著這根繩。

　　好奇心驅使他去找尋繩索的根源……不，應該是説
在傍晚時險些將他拉下棚架的元兇。漸漸地，當初來緝
拿盜賊的目的已被阿強拋諸腦後了。

　　行經了貫通全屋的長走廊，阿強發現繩索的源頭
是源於一間房間。那房間位於全屋中央，門正虛掩著。
他毫不客氣地推開門，並用電筒照向房中。然而他目睹
房中的事物後，當場嚇了一跳，事關房中竟然真的有
「人」在……

　　那是一間沒有窗户的小房間。同樣地，房中連一件
家具也沒有。存在於房中的，只有一個「男子」，一個
背向於房門，身穿貌似用紙製中山裝的「男子」。他正
以怪異的角度向右側傾斜地「站立」於房中央。他是禿
頭的，而那顆光禿的頭顱看起來不太對勁。因為那暗黃
色的頭顱是和脖子一樣粗幼的，難以辨別哪裡是頭、哪
裡是脖子，總之那脖子比常人長了一倍。他那灰黑色的

手，正以不屬於人可做到的速度晃動著手握著的繩索。

他，似是在等待著甚麼到來似的⋯⋯

「這⋯⋯可以算得上是活人嗎？」

阿強呆望了他一會，陷入失神狀態，漸漸感覺到不對勁的同時，那「男子」開始發出怪叫：「嗷嗷嗷嗷嗷嗷嗷嗷！」

他，似乎是等到了一直在等待的東西了⋯⋯

阿強如夢初醒，不協調感油然而生，即嚇得亡魂喪膽，差點當場失禁！他立即轉身跑向客廳，打算由窗戶逃至棚架。又一椿怪事發生了⋯⋯客廳所有的窗戶不知不覺間已被關上。由於窗戶上都黏有報紙，使得屋內幾近漆黑一片，唯一發出光明的東西就只有他手中的電筒，但是每處被電筒照亮過的地方都會令他的恐懼感不自控地上漲。

「嗷嗷嗷嗷嗷嗷嗷嗷！」離奇的嚎叫聲依然在持續著，有如警報聲，警告有人正擅闖「民居」。

陷於這個詭異的狀況下，阿強以電筒的光線引路，拼命地衝往門口。可惜，擋著門口的那道古老木門被鎖死了，一條大木柵死死地柵住了它。此時，一心只想逃出這個非比尋常詭異地方的阿強，聽到從身後傳出、由剛才開始就沒有中斷過的叫聲正逐漸增大。他不敢將電筒的光線投射於黑漆漆的後方，生怕看到一些會令他心膽俱裂的事物。他的內心已想了十萬遍如何是好，可是仍想不到逃出生天的辦法。

腳已開始因對不明事物的恐懼而發抖，阿強猛猛地蹬了那深鎖的木門一腳。

「嘭」的一聲隨即由被蹬了一腳木門的發出，喚醒了阿強的記憶：「對了！還有後門！我家有後門，這裡都應該有！」他一爬一跌地走到了單位的尾端，這裡果然有一道木製後門。

「太好了，天無絕人之路！」他用口咬住電筒，雙手猛力地扭動木門上那把已被嚴重鏽蝕的門鎖。

「給我開啊啊啊啊混帳！」門鎖終被打開了，阿強又用腳猛力踢向木門，木門應聲打開。後樓梯於微弱光線下展現於他眼前，但仍未可安心。因為後樓梯塞滿了

雜物，可說是半條絕路。那裡只剩下一個出口——一道窗戶。別無他法了，他只好爬出窗戶，計劃由棚架逃出生天。

阿強終由窗戶爬到棚架上。午夜，室外的風力已增強不少，使得棚架在晃動著，而尼龍網則被風刮得誇張地不斷改變形狀。攀於棚架上的他已深切地感受到約克的威力及攀棚架的可怕之處。被雨水沾濕了的枯竹並不易攀附，比起往下爬，他選擇先爬往天台。

到達天台後，夾雜著豪雨的狂風在怒吼著，拍打著仍然心驚膽戰的阿強。強風吹醒了渾身濕透的他，他才意識到剛才自己身處的處境是多麼的可怕。他戰戰競競地步向天台的樓梯口，心情矛盾。一方面他極度渴望回去詠詩的家，希望獲得安撫；但另一方面，他又害怕回去，皆因必定要經過那個9樓單位，那裡存在著比《惡魔城》中的鬼怪還要令他畏懼的怪物……

他猶豫地往前跨了一步，左腳往前一踏，立即有一股極為不祥的預感由他的心頭湧起……他感覺到左腳被勒住了！他反射性地以電筒照向左腳，驚見腳踝被一個繩套給勒住。

這是他今天第三次目睹的暗紅色繩套……

下一刹，那根暗紅色的繩開始牽扯起阿強的腳，使他平衡一失，滑倒於地上。然而繩並沒有停下來，慢慢地將他拖拉向天台的邊緣。阿強腦海竟諷刺地回想起他較早前想玩的西部牛仔角色扮演遊戲，料想不到現在這遊戲已經開始了，然而自己扮演的角色不是牛仔，相反，而是被牛仔拖行於地上的可憐角色。

「啊啊啊啊！！爸爸救我啊！！」

由繩子傳來的力度極之巨大，無論阿強抓住甚麼東西都好，都敵不過它，只能失聲地無力呼喊。結果，他被拉扯至9樓窗外的棚架才停下，只因他用盡全身上下的力氣去抓緊那條最後的救命枯竹。他看見9樓的窗戶已為他打開，屋內那深邃的黑暗中朦朧地浮現了一形狀奇異的人形，嗷嗷的詭異叫聲正是由那裡發出。阿強劇痛得感到左腳快要被撕走了，他竟然想到，如果自己能像壁虎一樣斷肢逃生就好了。

「嗚呀呀呀！我不敢了！我不敢玩了！救我！救救我！」阿強在絕望地作出最後的呼救，因為他的力氣要殆盡於下一刹那。

可能是巧合，或是他的運氣仍未耗盡。繩套被雨水潤滑了，便由阿強的腳踝滑動至他所穿著的球鞋上。順理成章，球鞋便代替了阿強，和繩套一同落入於窗戶那幾近絕望的深淵。

命不 該絕

棚架，依然晃動得有如船上的桅杆般。但阿強現在懼怕的並不單於此，而是懼怕再被扯進那不吉利的9樓中。他用盡身體僅存的勇氣及力氣爬向8樓詠詩房間的窗外，慌張地叩打著緊閉的窗戶，他恨不得即時破窗而入，因為每等多一秒，他就懼怕多一分。

「詠詩姐姐、詠詩姐姐！快開窗啊！我看到鬼怪啊！樓上有鬼怪啊！」

首先，窗簾被拉開，然後，玻璃窗被推開，最後，一臉吃驚的詠詩在呆望那個攀在窗外、因受驚過度而哭哭啼啼的少年版Peter Parker。畢竟如何大膽頑劣也好，他仍然只是個10歲的小孩。少年版Peter Parker激動得一躍而進，摔倒於詠詩房中的地上，弄跌了不少雜物。

「原來這幾晚真的是你這渾小子在裝神弄鬼嚇我！我一定告訴你的兇狠的父親，讓他來教訓你，你竟然做出這種危險的頑皮事！」詠詩本想如此狠狠責備一番伏在地上的小頑童。

可是在她開口前，他已經邊抽泣邊道歉：「對不起！對不起！詠詩姐姐對不起！我不敢再爬棚架了！我不敢再扮鬼來嚇你了！」詠詩一時心軟便沒有追究他的劣行，因為看他受驚到這個程度，看來已受到應得的教訓。

阿強洗了個澡後，仍然驚魂未定，縮在詠詩家中廳子的沙發上顫抖不已。詠詩開了兩杯美祿，將其中一杯遞到他的桌前，打開電視，問他為甚麼要在颱風來襲前的午夜來爬棚架嚇人。但阿強沒有回應，只有呆滯地望著正在播放晚間新聞的電視屏幕⋯⋯

「各位觀眾晚安。強烈熱帶風暴約克現正增強並逐漸靠近本港。三號強風信號現正生效⋯⋯」新聞報導員在宣佈最新的風暴消息。半晌後，阿強提起了桌子上的馬克杯，用蒼白的嘴唇從杯中吸啜了半口美祿，終於以抖震不已的聲線訴說剛才的經歷⋯⋯

「吓？你説樓上的單位潛藏著鬼怪！？而且它曾在棚架上爬來爬去？」

「是千真萬確的！我還差點被它抓到9樓中去！」

「看你表情如此真切，我差點要相信你！但是呢，我又很難相信你。因為你早前的演技實在是太過逼真了，我不知你現在是不是又在演戲來騙本小姐。再者，9樓整層兩個單位早就丟空了。由我出生至今都一直沒有人住。據説是業主失蹤了……」

最終，詠詩並沒有接納阿強的辯解便去睡了。而阿強仍然無心睡眠，呆滯地望著電視。他又情不自禁地抽泣起來。因為之前一直被麻痺了的恐懼感終於爆發了。突然，有一隻手無聲無息地搭上了他的肩上，他嚇得彈了起來。一轉頭，原來只不過是妹妹而已。

「哥，你在哭……為甚麼在哭？」
「妹啊！對不起！我一開始應該相信妳的！妳看到的不是幻覺：而是真的有鬼怪在攀棚架……妳為甚麼會知道那是鬼怪？」

「哼，我一早就知道了！爸爸之前不是常對我們説

『鬼怪會用繩索抓壞孩子的』。只不過哥哥你一直沒有聽進耳朵裡。」強妹滿意地回應道，同時溫柔地用紙巾為哭得一塌糊塗的兄長擦拭眼淚口水及鼻涕，如同往常他被父親以衣架施行完「愛的教育」後，扮演母親的角色去為他心靈療傷一樣。

剛才遇到的是不是真正的鬼怪現在對阿強來說已經不重要了。因為他終於得到安撫，躺在沙發上沉沉睡去。強妹則從房中拉出床鋪，陪同他睡在客廳中。

翌日早上，阿強被香氣弄醒。原來詠詩已弄好了早餐，將早餐盛到桌子上。桌子旁的嘴饞鬼妹妹已經急不及待吃起早餐來。電視上仍在播送著風暴消息，九號風球已經高掛了，該日所有學校停課。阿強認為這是美好的一天，心裡放晴。因為不用上學，又有香噴噴的早餐吃，而昨晚所發生的詭異事件已像惡夢一樣過去了，煙消雲散了。

然而，一通電話，為阿強的好心情增添了幾分陰霾。那是唐師奶撥來的一通電話。

「喂……詠詩？」
「喂，媽，甚麼事？」

「哎呀，外婆家水浸了，我要留下來幫忙。風勢又愈來愈大，不知入黑前能否趕回來……對了，家中沒有出甚麼異樣嗎？妳有好好看管強仔他們嗎？」

「沒甚麼，只不過昨夜張國強又發作了！竟然去爬棚架，還爬進9樓單位！幸好9樓沒有人住……不然就會報警告他擅闖民居……」

「詠詩……妳説甚麼？強仔爬進9樓單位？他……他有沒有事？他現在在哪裡？」唐師奶的語調霎時變得緊張起來。

「媽，妳不用大驚小怪，他正在安份地吃早餐……」
「這嚇了我一把汗……妳叫他來聽電話……」

於是阿強邊咀嚼香腸，邊接起來電：「咳咳……姨姨，我是國強。」

「強仔，詠詩説你昨晚爬棚架，還爬進了9樓人家的單位了，老實回答我有沒有？」

「我有……而且啊，屋內有妖怪的，它在棚架上爬動，還一直追著我，我差點便被抓住了！真驚險，我

下次不敢了。但詠詩姐姐只當我吹牛騙她……」阿強説完經歷後，唐師奶便停頓了片刻，更聽到她深呼吸的聲音。然後她要求換回詠詩來接電話，她的語氣顯得相當之凝重。

　　「詠詩，聽好，在我或爸爸回來前，妳要好好鎖上門窗……這樣一來就安全了。謹記無論看到窗外有甚麼東西都好，都不要理會它。可以的話就將窗簾拉上……之後的事待我回來再説……」

　　聽過唐師奶故作緊張的吩咐後，詠詩感到大惑不解，認為刮颱風時不會有竊賊大駕光臨吧。難道她真的相信那個頑童隨口作的故事？這樣更令人難以置信了。

　　及後，她拉起窗簾時，看到窗外的棚架搖晃不斷，時而發出帕帕聲的斷裂聲，光景有點駭人。還有，有根暗紅色的繩在隨風飄盪著，似是等待著甚麼事情發生……

　　於詠詩家中，接下來的半日仍是風平浪靜，沒有特別事發生。詠詩在做家務及看電視新聞；阿強不是睡覺就是在吃東西、不是在吃東西就是在玩 Game Boy；強妹則在畫圖畫。

　　強妹自言自語地說要去取蠟筆，就悄悄地走出了詠詩家。然而，她一去，就去了半個小時，仍沒有回來。初時詠詩及阿強並沒有太在意這件事。直至阿強拾起那張飄落到地上強妹畫的畫時，休息了半天的不安感又再度活潑起來。因為強妹那稚嫩的畫上，畫的就是那個在棚架上爬動的詭異事物。

救妹　　心切

　　阿強認為妹妹是回家去拿取蠟筆，當他一打開家門，猛烈的強風夾雜著雨水即時撲面而來，這回糟糕了，這是因為昨夜他由窗戶爬出到棚架後就再沒有回來關上窗戶，使家具都濕透了。在他上前試圖關上窗戶時，往地上一看，更糟糕的事情發生了——他目睹地上，正有一根暗紅色繩套，它是由窗外延伸而至的……而他望向窗戶之際，立時往後退，直至退至牆壁，無路可退為止。因為，他正正看到了那繩索的「主人」。

　　窗外正有一個「人」倒掛於棚架。那人一身紙製而成的中山裝已濕透了。他有著一雙灰黑色的手。左手正

緊緊抓住窗框，右手正以非人的速度晃動著那根暗紅色的繩索。他那蠟黃色的光禿的頭顱上看不出有人類的五官——那裡只有一張在快速開合的大嘴，嘴裡有一排黑色的牙齒，牙齒與牙齒在碰撞間，不停發出清脆的「咯咯」聲。不一會，「他」便已爬進到了客廳之中，逐步向阿強逼近，詭譎的氣氛正在阿強家擴散……

「啊啊啊啊啊啊啊！」阿強發出了史無前例的絕叫，因為他已目睹了那事物的真面目。他的腿不聽使喚，發不出力，逃跑不了。

詠詩聞聲而至。她看到面容扭曲的阿強，再看看他在看著的東西……

「！！」

詠詩作出即時的反應，冷靜地以冰冷的手拉起阿強那更為冰冷的手，逃出了阿強家，回到自己的家。

「張國強，你昨晚說的東西現在我信了……我亦明白我媽為甚麼今早會這麼緊張……看來你又闖下大禍了……」雖然詠詩口中說相信真的有鬼怪於棚架上出沒，但臉上依然是一副難以置信的表情。

「姐姐……我、我都說過沒騙妳的！但我妹妹現在失蹤了！她會不會被剛才那妖怪抓去？怎麼辦？都怪我……我真的不敢了……」阿強一副快要哭出來的可憐模樣。

「現在我去找大人來幫忙了……你待在這裡等我回來，不要走開！」阿強只好強忍著淚水向詠詩點頭，詠詩即時離開去找鄰居幫忙，因為事態已到了刻不容緩的程度。

阿強在原地苦苦等待救兵前來，心中的恐懼感及悔疚感在交織於一起，這是他短短十載的人生中最認真反省的一次。他愈想就愈急，愈急就愈想。他終按捺不住擔心妹妹的心情，又衝動起來，打算由後門到9樓凶宅去營救被抓了的妹妹。他這回不當甚麼是蜘蛛俠Peter Parker了，只是想做個可以保護妹妹的兄長。他立下了決心，留下了紙條後，就手持電筒，由詠詩家中的後樓梯出發前往那不吉祥的9樓。

費了不少勁去搬動雜物，他終於為通往9樓的後樓梯開闢出一條單行路。他戰戰兢兢地由打開了的後門進入到9樓單位。昨晚的詭異經歷歷歷在目，他每行一步就心驚一下。

「妹！你在嗎？回應一下哥哥！我現在來救妳！」阿強大喊了幾聲，然而得到的回覆只有由屋外傳來的呼呼風嘯聲。

接著，他便以手電筒照亮了幾乎漆黑一片的屋內，繼而前行。他發現原來屋內擺放著大量的紙紮娃娃，這使他不寒而慄。突然間，有樣東西吸引了他的注意力。其中一面牆上，掛著一幅黑白合照：照片中有兩個男人並肩站著，其中一個是老人，另一個是青年。兩人都面露微笑，似乎是倆父子。

「嗷嗷嗷嗷嗷嗷嗷嗷！」

在他看得出神的同時，嗷嗷的怪叫聲又再度於那間小房間中傳出。阿強連反應也還未來得及，便被不知不覺綁在右腳上的暗紅色繩給拉倒於地上。他正被緩緩拖行於冰冷的地上⋯⋯

「不要啊！！！」阿強拼命地試圖抓著沿途的物件，可惜徒勞無功。他當時內心是悔恨的。他悔恨為甚麼當初為何要如此頑皮，他悔恨為甚麼因自己的頑皮而將唯一的妹妹牽連到此等怪事中。如果還有機會的話，他絕對會改過，當個好孩子。但是，他快要連後悔的時

間都沒有了⋯⋯因為那嗷嗷怪叫聲已漸大，代表他離那間小房間愈來愈近。

在他絕望的同時，千鈞一髮之際，有雙滿是皺紋卻十分溫暖而充滿力氣的大手掌一把拉住了阿強。那大手掌的主人在高呼：「快！快來剪斷那根見鬼的繩！」

隨後，一名少女衝上前，雖然她面露膽怯之神色，但仍俐落地剪斷了繫於阿強腳上的不祥繩子。最後，這位突如其來的救兵將受驚過度的阿強由9樓抬走⋯⋯

「哥！哥哥！國強哥哥！快清醒回來！」聽到了一把來自妹妹的熟悉聲音，阿強的神智漸漸恢復了。

他環顧了四周一下，發現這裡是詠詩的家，他現躺於廳中的沙發上，旁邊有三個人待著。一個是他的妹妹，另一個是詠詩，最後一個是一位老人⋯⋯是之前被他塗鴉「門口土地神主牌」、住在5樓的退休訓導主任林伯。

阿強腦中有很多疑問，但仍未開口，林伯就已開口，以洪鐘般的聲線道明一切⋯⋯

「阿強你這小子真的是命大！險些你就成為陰靈的『替身』了，你知道嗎？」

「陰靈？我……我只想去救我的妹妹而已……」

「不，哥哥誤會了，我只是去了6樓的Cherry姐姐家中畫畫……對不起……害了你……」妹妹低著頭道歉。

相依 為命

各人沉默了片刻，林伯又再繼續說明。

「其實，我們這些大人都有責任……我們向這棟樓的小孩子都隱瞞了一個秘密，就是9樓中有陰靈出沒的一個秘密。」

「這是為甚麼？」詠詩抽了一口氣，凝視著林伯。

「事源要追溯到二十多年前。9樓原本住著一對相

依為命的父子。父親是退休的搭棚工人，而兒子亦繼承了他的衣缽。本來父慈子孝一切安好，可惜天意弄人，兒子為了賺取更多的錢去供養父親，而日以繼夜地工作。終於有一天，那兒子從棚架上失足墜下，結果慘死於棚架下。

他父親得知噩耗後就悲傷欲絕。最後，他對街坊說『會在家中準備好一切，待兒子回家。』後，就一直失蹤至今了。之後，有傳他家中有死去兒子的陰靈存在，它會藉紙紮娃娃及一根紅色的繩去找尋『替身』的⋯⋯但十多二十年來一直都沒有發生任何與之有關的詭異事件，大家都漸漸遺忘了此事。直到最近⋯⋯」林伯呷了一口茶。

「最近⋯⋯有甚麼事發生了？難道是今天的事？」

面對詠詩的追問，林伯放下了茶杯，繼續方才的話題：「直到最近，有名南亞裔建築維修工人在棚架上摔下，受了重傷。有傳他是有天看到有可疑的人影爬進9樓，他以為那是小偷，於是便跟上前，更跟進屋內了。最後，他被屋中的東西嚇得落荒而逃，爬回棚架之際，一失足，便摔下去受重傷了⋯⋯所以在前日的居民大會上，大家都已同意湊點錢來為9樓單位做一場法

事，以保平安。看來這個決定是沒有錯的……」

　　事件終於水落石出。雖然阿強並不想去相信，但怪事已多次發生於自己身上，也不由他不信了……之後林伯並沒有即時回去，反而到阿強家中關好門窗，及留下來陪伴受驚的他們，待唐師奶回來後，交代了一切才回去。

　　目送著林伯的背影，阿強當時心想，就算沒有任何異能也好，能不去計較恩怨而不惜犯險去幫助別人的人，才算得是真正的英雄。

　　那天之後的第三天，居民們正式為9樓單位舉行了一場簡單而隆重的法事。自此之後，唐樓外牆的維修工程順利完結，棚架亦被卸下，詭異事件再也沒有發生。唯一有所改變的，就是那個曾經是個頑劣得好比《麥田捕手》中主角的阿強，已成為了一個規矩的普通小孩了。

　　終於連阿強的故事都聽完了。他的經歷使我有點體諒他為何對有關於唐樓的詭異故事如此害怕。我要為自己今早嘲笑他瀨尿的舉動表達深切的歉意！對不起！

　　我們看了看時間，已是凌晨十二時多了。在通州街公園足球場的觀眾席上，冷風蕭蕭，使我們三人身心都凍得抖震起來。看來是時候完結這個只有臭男人參與的無聊平安夜詭異故事大賽。

　　但我們都是男子漢，是會信守承諾的。所以仍要對說得最差的那位朋友進行處罰——去對那對情侶說一聲：「呵呵呵，Merry Christmas，分手吧！」

　　殘忍的投票開始了。結果竟然是大家都各得一票，打成平手。最後，我們決定使用更為殘酷的方法去決定人選——猜拳。十秒後，我又要為阿強多道一次歉了！因為他猜拳輸了，成為了被罰者。

　　於是我和阿興邊對阿強悲慘的背影投以微笑的表情、期待的目光，邊目送著他緩緩地步向那由剛才起便一動也不動地坐在遠處觀眾席，背向我們的那對情侶。

　　一動也不動？

　　突然，一股詭異感及不協調於我心底升起，恰如詭異故事中的主角們一樣。不知是否我的錯覺，我看到阿興的面色亦漸漸沉下來了……阿強走近至那對情侶約十

米處，便貌似想退縮，轉身面向我們，弄出想放棄而搖
尾乞憐般的手勢。我在想，真虧他小時候是那麼大膽，
他改正過頭了。

　　在我有這個想法時，我看到了一些教人震驚的事
物——那對情侶正慢慢地將頭顱轉向我們的方向，並在
緩緩立起身……我看看身旁的阿興，他這個好小子已經
起身即時逃跑了起來。我知事態不妙，同時起身拔腿就
跑。我記得在我準備起跑的同時，聽到了背後方阿強的
叫喊聲……

　　「喂，你們怎麼了？怎麼突然跑起來？發生了
甚…………嗚啊啊啊啊啊！！！！有鬼啊啊！！你們等
等我啊啊啊啊！！」

　　當晚，我們三人一起度過了不平安的一個詭異平安
夜了。

《詭異日常事件》
全書完

不要對這種怪誕事物尋根究底

當世四大天王：
黎郭劉張（上）

● 《診所低能奇觀》系列

● 《詭異日常事件》系列

圖書館借來的
魔法書

銀行小妹
甩轆日記

● 《倫敦金》系列

HiHi 喇好地地
一個人點知……

我的你的紅的

● 《Deep Web File》系列

向西聞記

無眠書

● 《絕》系列

殺戮天國

遺憾修正萬事屋

詭異日常事件
Creepy Six

作者。南凱因

總編輯。Jim Yu
編輯。Venus Law

美術總監。Bolie Wang
設計員。Winnie Hung

出版。點子出版
地址。荃灣海盛路11號One Midtown13樓20室
查詢。info@idea-publication.com

印刷。海洋印務有限公司
地址。黃竹坑道40號貴寶工業大廈7樓A室
查詢。2819 5112

發行。泛華發行代理有限公司
地址。將軍澳工業邨駿昌街7號8樓
查詢。gccd@singtaonewscorp.com

出版日期。2018年2月28日（第三版）

國際書碼。978-988-12619-7-7
售價。$88

Printed in Hong Kong